Lew Tolstoi GLÜCK DER EHE

Lew Tolstoi

GLÜCK DER EHE

Roman

Übersetzt von Claire von Glümer
Bibliografische Informationen der Deutschen Nationalbibliothek:
Die Deutsche Nationalbibliothek verzeichnet diese Publikation in der
Deutschen Nationalbibliografie;
detaillierte bibliografische Daten sind im Internet über
https://dnb.dnb.de abrufbar.
©2024 Michael Kowarsch
Verlag: BoD • Books on Demand GmbH, In de Tarpen 42, 22848
Norderstedt
Druck: Libri Plureos GmbH, Friedensallee 273, 22763 Hamburg
ISBN: 978-3-7597-6852-0

I. KAPITEL

Wir trauerten damals um meine Mutter, die im Herbst gestorben war, und lebten — Katja, Sonja und ich — den ganzen Winter zurückgezogen auf dem Lande.

Katja war eine alte Freundin unseres Hauses, unsere Gouvernante, die uns großgezogen hatte und die ich kannte und liebte, solange ich zurückzudenken vermag. Sonja war meine jüngere Schwester.

Der Winter, den wir in Pokrowskoje, unserem alten Gutshause zubrachten, war düster und traurig. Es war kalt, der Wind fegte den Schnee in dichten Haufen hoch an den Fenstern hinauf; die Scheiben blieben gewöhnlich dicht zugefroren, und wir gingen und fuhren fast nirgends hin. Besuche kamen selten, und die wenigen, die sich einfanden, brachten weder Heiterkeit noch Unterhaltung in unser Haus. Alle hatten traurige Gesichter, alle sprachen so leise, als ob sie jemand zu wecken fürchteten, sie lachten nie, seufzten und weinten oft, wenn sie mich und besonders die kleine Sonja in ihrem schwarzen Kleidchen ansahen. Es war, als ob noch immer der Tod im Hause zu spüren sei, als ob seine Schrecknisse noch immer die Luft erfüllten. Das Zimmer der Mutter war geschlossen, aber sooft ich daran vorüberging, um mich schlafen zu legen, war mir zumute, als ob mich etwas in das öde, kalte Gemach hineinzöge.

Ich war damals siebzehn Jahre alt, und die Mutter wollte gerade in dem Jahre, in dem sie starb, in die Stadt über-siedeln, um mich in die Gesellschaft einzuführen. Der Verlust der Mutter war ein großes Unglück für mich, aber ich muß bekennen, daß ich in allem Kummer um sie auch das schmerzliche Gefühl hatte, jung und — wie alle sagten — hübsch zu sein und nun schon den zweiten Winter in tödlicher Einsamkeit auf dem Lande zubringen zu müssen.

Nach und nach erreichte die aus Gram, Einsamkeit und Langeweile gemischte Empfindung einen solchen Grad, daß ich das Zimmer nicht mehr verließ, das Klavier nicht mehr öffnete und kein Buch mehr zur Hand nahm. Wenn mir Katja zuredete, mich mit diesem oder jenem zu beschäftigen, gab ich zur Antwort: „ich habe keine Lust — ich mag nicht!" — und im Herzen fragte eine Stimme: Warum denn? Warum etwas tun, wenn meine beste Lebenszeit so nutzlos vorübergeht? Warum? Und auf dies „Warum" hatte ich keine andere Antwort als Tränen.

Ich hörte sagen, daß ich mager würde und mich zu meinem Nachteil verändere, aber auch das ließ mich gleichgültig. Was lag daran? Wer kümmerte sich darum? Mir war zumute, als ob mein ganzes Leben in dieser trostlosen Öde, dieser rettungslosen Lange-weile verfließen müßte, und dem zu entfliehen, hatte ich für mich allein nicht die Kraft, ja nicht einmal den Wunsch.

Zu Ende des Winters fing Katja an, für mich zu fürchten, und beschloß, mich so bald als möglich ins Ausland zu bringen. Dazu war Geld erforderlich, wir aber wußten kaum, was uns nach dem Tode der Mutter geblieben war, und warteten von Tag zu Tag auf den Vormund, der unsere An-gelegenheiten ordnen sollte.

Im März kam der Vormund endlich.

„Gott sei Dank!" sagte Katja eines Tages, als ich wie-der ohne Beschäftigung, ohne Gedanken, ohne Wünsche wie ein Schatten aus einer Ecke in die andere schlich. „Sergej Michailowitsch ist angekommen. Er hat hergeschickt, sich nach uns erkundigen zu lassen, und wird zum Mittagessen hier sein. Nimm dich zusammen, liebe Maschetschka", fügte sie hinzu. „Was soll er denn von dir denken? Er hat euch so lieb! Er hat alle so liebgehabt."

Sergej Michailowitsch war einer unserer Nachbarn und ein Freund meines verstorbenen Vaters, obwohl viel jünger als dieser. Abgesehen davon, daß seine Ankunft unser Leben anders gestaltete und uns vielleicht die Möglichkeit gab, das Landgut zu verlassen, war ich von Kindheit an gewohnt, ihn zu lieben und zu achten, und Katja wünschte, daß ich mich zusammennähme, weil sie erriet, daß es mir unter allen meinen Bekannten am schmerzlichsten gewesen wäre, Sergej Michailowitsch gegenüber in ungünstigem Lichte zu erscheinen.

Und nicht allein, daß ich ihn — wie alle im Hause, von Katja und seinem Patchen Sonja an bis zum letzten Pferdeknecht — liebhatte, er besaß für mich noch eine besondere Bedeutung wegen einer Äußerung, die meine Mutter einst in meiner Gegenwart getan hatte. Sie sagte: einen solchen Mann hätte sie mir gewünscht. Damals fand ich das sonderbar, ja sogar unangenehm, denn mein Ideal sah ganz anders aus. Mein Ideal war jung, hager, blaß und schwermütig. Sergej Michailowitsch dagegen war kein Jüngling mehr, war groß, stark und, wie mir schien, immer vergnügt. Trotzdem aber kamen mir die Worte der Mutter häufig in den Sinn, und schon sechs Jahre früher, als ich elf Jahre alt war, er noch du zu mir sagte, mit mir spielte und mich „Veilchenkind" zu nennen pflegte, fragte ich mich zuweilen mit einer gewissen Angst: Was soll ich tun, wenn er mich plötzlich heiraten will?

Kurz vor dem Mittagessen, dem Katja eine Mehlspeise, Creme und Spinatsauce zugefügt hatte, kam Sergej Michailowitsch. Ich sah ihn durchs Fenster, als er sich in einem kleinen Schlitten dem Hause näherte, eilte, sobald er um die Ecke bog, in den Salon und wollte mich stellen, als ob ich nicht auf ihn gewartet hätte. Als ich aber im Vorzimmer das Stampfen seiner Füße, seine laute Stimme und Katjas Schritte hörte, hielt ich's nicht aus und ging ihm entgegen.

Er hielt Katjas Hand, sprach laut und lächelte. Sobald er mich sah, verstummte er, blieb stehen und blickte mich eine Weile an, ohne mich zu grüßen. Mir wurde unbehag-lich zumute, und ich fühlte, daß ich errötete.

„Ach! Ist's möglich? Sie sind's!" sagte er dann in seiner einfachen, herzlichen Weise, indem er mit ausgestreckten Händen auf mich zukam: „Ist's möglich, sich so zu verändern? Wie Sie gewachsen sind! Das soll unser Veilchen sein? Es ist eine volle Rose geworden."

Mit seiner großen Hand ergriff er die meinige und drückte sie fest, beinahe schmerzhaft. Ich glaubte, er würde mir die Hand küssen, und hatte mich schon zu ihm geneigt, aber er drückte mir nur noch einmal die Hand und sah mir mit seinem festen, heiteren Blick gerade in die Augen.

Ich hatte ihn seit sechs Jahren nicht gesehen und fand ihn sehr verändert. Er war älter, dunkler ge-worden und trug einen starken Bart, der ihm nicht gut stand; aber er hatte dasselbe einfache, offene, ehrliche Wesen wie früher und dasselbe Gesicht mit den kräftigen Zügen, den klugen, blitzenden Augen und einem freundlichen, beinahe kindlichen Lächeln.

Nach fünf Minuten hatte er aufgehört, unser Gast zu sein, und war für uns alle ein Familienglied, selbst für unsere Leute, deren Diensteifer bewies, wie sehr sie sich über seine Ankunft freuten.

Er benahm sich nicht wie unsere anderen Nachbarn, die, wenn sie nach dem Tode unserer Mutter kamen, für nötig hielten, zu schweigen und zu weinen, solange sie bei uns blieben; er war im Gegenteil gesprächig, heiter und erwähnte die Mutter mit keinem Wort, so daß ich diese Gleichgültigkeit anfangs sonderbar und von einem so nahestehenden Freunde sogar unpassend fand. Später aber sah ich ein, daß es nicht Gleichgültigkeit, sondern Aufrichtigkeit war, und dankte ihm dafür.

Abends setzte sich Katja zum Tee-Einschenken auf den alten Platz im Salon, wie es bei Mama der Fall gewesen war.

Ich und Sonja setzten uns neben sie, der alte Grigorij brachte Sergej Michailowitsch eine von des Vaters Pfeifen, und wie in früheren Zeiten fing er an, im Zimmer hin und her zu gehen.

„Wie viele traurige Veränderungen hier im Hause — wenn ich bedenke!" sagte er plötzlich, indem er stehenblieb.

„Ja" antwortete Katja mit einem Seufzer, deckte den Samowar zu und machte ein Gesicht, als ob sie weinen wollte.

„Sie erinnern sich wohl Ihres Vaters?" fragte er, zu mir gewandt.

„Wenig!" gab ich zur Antwort.

„Wie gut wäre es jetzt für Sie, wenn Sie ihn hätten!" sagte er leise und nachdenklich, indem er auf meine Stirn niedersah. „Ich habe Ihren Vater sehr liebgehabt", fügte er noch leiser hinzu, und ein feuchter Glanz kam in seine Augen.

„Der liebe Gott hat ihn uns genommen!" rief Katja, legte die Serviette auf die Teekanne und fing an zu weinen.

„Ja, traurige Veränderungen sind hier vorgegangen!" wiederholte er und wandte sich ab. „Sonja, zeige mir deine Spielsachen", sagte er nach einer Pause und ging in den Saal hinaus. Mit Augen voll Tränen sah ich Katja an, als er hinausging.

„Das ist ein treuer Freund!" sagte sie.

„Ja, gewiß!" antwortete ich, und es wurde mir eigen-tümlich wohl und warm zumute bei dem Mitgefühl dieses fremden, guten Menschen.

Aus dem Saale klangen Sonjas Stimmchen und sein Scherzen mit ihr zu uns herein. Ich schickte ihm den Tee, und dann hörten wir, daß er sich ans Klavier setzte und mit Sonjas Händen auf die Tasten schlug.

„Maria Alexandrowna!" rief er nach einer Weile. „Bitte kom-men Sie her, spielen Sie etwas."

Es freute mich, daß er so einfach, freundschaftlich-befehlerisch mit mir sprach. Ich stand auf und ging zu ihm.

„Spielen Sie dies", sagte er, indem er in einem Heft das Adagio der Beethovenschen Sonate quasi una fantasia aufschlug. „Lassen Sie sehen, wie Sie spielen", fügte er hinzu und begab sich mit seinem Teeglas an das andere Ende des weiten Saales.

Ich fühlte — ich weiß nicht aus welchem Grunde —, daß es unmöglich war, sein Verlangen abzuschlagen oder Vorbemerkungen über schlechtes Spiel zu machen.

Gehorsam setzte ich mich ans Klavier und fing an zu spielen, so gut ich konnte; übrigens fürchtete ich sein Urteil, denn ich wußte, daß er ein Musikfreund und -kenner war.

Das Adagio sprach dieselben Gefühle der Erinne-rung aus, die durch das Gespräch am Teetisch in mir wachgerufen waren, und mein Vortrag schien ihm zu genügen. Das Scherzo dagegen ließ er mich nicht spielen.

„Nein, das spielen Sie nicht gut", sagte er herantretend.

„Lassen Sie's lieber. Das erste war nicht schlecht. Sie scheinen Verständnis für Musik zu haben."

Dieses maßvolle Lob erfreute mich so sehr, daß ich errötete.

Es war mir neu und angenehm, daß Sergej Michailo-witsch, der Freund meines Vaters, ernsthaft und wie ein Gleichgestellter mit mir sprach, statt mich wie früher als Kind zu behandeln.

Katja ging hinauf, Sonja zu Bert zu bringen, und wir beide blieben allein im Saale.

Er erzählte mir von meinem Vater, wie er ihn kennengelernt und wie heiter sie miteinander verkehrt hatten, während ich noch bei meinen Schulbüchern und Spielsachen gesessen hatte. In seinen Erzählungen trat mir mein Vater zum ersten Male einfach als liebenswürdiger Mensch entgegen, wie ich ihn anzusehen bis jetzt noch nicht gelernt hatte. Später befragte er mich über meine Liebhabereien, meine Lektüre, wollte wissen, was ich jetzt vorzunehmen gedachte, und gab mir verschiedene Ratschläge. Er war nicht mehr mein heiterer, scherzender Spielkamerad, sondern ein ernster, einfacher, warmherziger Mann, der mir Achtung und Zuneigung einflößte. Mir war leicht und angenehm zumute, und doch fühlte ich einen gewissen Zwang, wenn ich mit ihm sprach. Ich fürchtete für jedes meiner Worte und wollte die Neigung, die ich jetzt nur dadurch erworben hatte, daß ich meines Vaters Tochter war, durch eigene Kraft verdienen.

Nachdem Katja mein Schwesterchen Sonja schlafen gelegt hatte, gesellte sie sich wieder zu uns und beklagte sich bei Sergej Michailowitsch über meine fast krankhafte Teilnahmslosigkeit, von der ich ihm nichts gesagt hatte.

„Die Hauptsache hat sie mit also nicht erzählt!" sagte er und schüttelte halb lächelnd, halb vorwurfsvoll den Kopf.

„Was ist davon zu erzählen?" antwortete ich. „Das ist sehr langweilig, und es geht vorüber." — Mir schien es wirklich, als ob mein Trübsinn nicht nur vergehen würde, sondern als ob er schon verginge oder nie vorhanden gewesen sei.

„Es ist schlimm, die Einsamkeit nicht ertragen zu können", sagte er. „Sind Sie denn ein wohlerzogenes Fräulein?"

„Freilich bin ich ein solches Fräulein", gab ich lächelnd zur Antwort.

„Nein! Ein schlechtes Fräulein, das nur lebt, solange man ihm huldigt, und zusammensinkt und an nichts mehr Freude hat, alles nur für andere, nichts für sich selbst."

„Sie haben eine schöne Meinung von mir", antwortete ich, nur um etwas zu sagen.

„Nein", sagte er nach kurzem Schweigen, „nicht umsonst sind Sie Ihrem Vater so ähnlich! Es steckt etwas in Ihnen...", und sein guter, aufmerksamer Blick tat mir wohl und versetzte mich in freudige Verwirrung.

Erst jetzt bemerkte ich diesen nur ihm eigentümlichen Blick, der anfangs so heiter schien und dann immer forschender und selbst etwas traurig wurde.

„Sie sollen und Sie können sich nicht langweilen", sagte er.

„Sie haben die Musik, für die Sie Verständnis haben, Bücher, Studien aller Art — vor Ihnen liegt das ganze Leben, auf das Sie sich nur jetzt vorbereiten können, wenn Sie später nichts zu bereuen haben wollen. In einem Jahr schon ist es zu spät."

Er sprach mit mir wie ein Vater oder Onkel. Ich fühlte, wie er sich Mühe gab, sich mit mir auf gleichen Fuß zu stellen. Es kränkte mich, daß er glaubte, sich zu mir herablassen zu müssen, und es war mir auch wieder schmeichelhaft, daß er für nötig hielt, um meinetwillen anders zu sein als sonst.

Den Rest des Abends sprach er mit Katja über Geschäftssachen.

„Und nun leben Sie wohl, meine lieben Freundinnen", sagte er schließlich, indem er aufstand, zu mir trat und meine Hand faßte.

„Wann sehen wir uns wieder?" fragte Katja.

„Im Frühling", antwortete er und hielt noch immer meine Hand. „Jetzt gehe ich nach Danilowka (unser zweites Landgut), sehe zu, wie es dort steht, richte ein, was ich kann, und begebe mich dann — auch wegen meiner eigenen Angelegenheiten — nach Moskau. Im Sommer sehen wir uns öfter."

„Warum wollen Sie so lange fort?" fragte ich betrübt. Ich hatte schon gehofft, ihn täglich zu sehen, und war über das Fehlschlagen dieser Hoffnung so bestürzt, daß meine ganze Mutlosigkeit wiederkehrte.

Wahrscheinlich drückte sich dies in meiner Stimme und meinem Blick aus, denn Sergej Michailowitsch sagte: „Ja, Sie müssen sich mehr beschäftigen, dürfen nicht wieder schwermütig werden." Dabei war sein Ton, wie mir schien, viel zu ruhig und kalt.

„Im Frühling werde ich Sie prüfen", fügte er hinzu, ließ meine Hand fallen und sah mich nicht an.

Im Vorzimmer, wohin wir ihn begleitet hatten, be-eilte er sich, den Pelz anzuziehen, und vermied noch immer, mich anzusehen.

Warum gibt er sich diese unnötige Mühe? dachte ich. Ist's möglich, daß er glaubt, es wäre mir so ange-nehm, wenn er mich ansieht? Er ist ein guter Mensch — ein sehr guter —, aber das ist auch alles!

Diesen Abend konnten Katja und ich lange nicht ein-schlafen und sprachen immer wieder — nicht von ihm, sondern wie wir den künftigen Sommer verle-ben und wo und wie wir den nächsten Winter zubringen würden. Die trostlose Frage: warum? kam mir nicht in den Sinn. Es schien mir klar und selbstverständlich, daß wir leben, um glücklich zu sein — und in der Zukunft sah ich Glück in Fülle. Unser altes, finsteres Haus in Pokrowskoje war plötzlich wie von Licht und Leben erfüllt.

II. KAPITEL

Der Frühling kam, und mein Trübsinn verschwand und verwandelte sich in schwärmerisches Sehnen voll unklarer Hoffnungen und Wünsche. Ich lebte jetzt ganz anders als bisher, beschäftigte mich bald mit Sonja, bald mit Musik, bald mit meinen Büchern, ging oft in den Garten, irrte lan-ge, lange in den Alleen umher oder saß auf einer Bank, dachte an Gott weiß was, träumte und hoffte. Zuweilen blieb ich ganze Nächte lang — besonders im Mondschein — am Fenster meines Zimmers oder schlüpfte, in einen Man-tel gehüllt, heimlich, daß es Katja nicht bemerkte, in den Garten hinaus und wanderte im Tau am Teich entlang; einmal ging ich sogar ins Feld und lief allein in der nächtlichen Stille um den ganzen Garten herum.

Es fällt mir schwer, mich jetzt der Träumereien, die damals meine Phantasie erfüllten, zu erinnern und sie festzuhalten. Selbst wenn ich mich darauf besinne, wird es mir schwer zu glauben, daß dies wirklich meine Träume waren — so seltsam waren sie und so ganz dem Leben entrückt.

Ende Mai kehrte Sergej Michailowitsch, wie er versprochen hatte, von seiner Reise zurück.

Zu uns kam er das erste Mal an einem Abend, an dem wir ihn nicht erwarteten. Wir saßen auf der Terrasse und wollten eben Tee trinken. Der ganze Garten war schon grün, im Gebüsch hatten sich die Nachtigallen eingenistet, um die Petrifastenzeit zu feiern. Die struppigen Flieder-sträucher waren über und über mit Weiß und Lila besät. Die Blüten wollten eben aufbrechen. Das durchsichtige Laub der Birkenallee wurde von der untergehenden Sonne durchleuchtet. Die Terrasse lag im kühlen Schatten. Reich-licher Nachttau breitete sich über die Grasflächen. Vom Hof klangen die letzten Tageslaute und die Stimmen der heimgetriebenen Herde herüber; der einfältige Nikon fuhr mit der Wasser-tonne längs der Terrasse hin, und der kalte Strahl aus seiner Gießkanne bildete auf der frisch umgegrabenen Erde dunkle Kreise um die Stäbe der Georginen. Auf der Terrasse blitzte und brodelte der blank geputzte Samowar, und auf der weißen Serviette standen Sahne, Brezeln und anderes Ge-bäck. Katja spülte mit ihren rundlichen Händen in ihrer häuslichen Weise die Tassen. Ich konnte — da mich nach dem Bade hungerte — den Tee nicht erwarten und aß im voraus Brot mit frischer dicker Sahne. Ich trug eine leinene Bluse mit offenen Ärmeln und hatte über das nasse Haar ein weißes Tuch gebunden.

Katja war die erste, die den Ankommenden erblickte.

„Ach, Sergej Michailowitsch!" sagte sie. „Wir haben eben

von Ihnen gesprochen."

Ich sprang auf und wollte flüchten, um mich um-zukleiden, aber er hielt mich an, als ich eben in die Tür schlüpfte.

„Wozu die Umstände auf dem Lande?" sagte er, indem er mein Kopftuch lächelnd ansah. „Sie genieren sich doch nicht vor Grigorij, und ich bin wirklich für Sie nichts anderes als er."

Mir kam es freilich vor, als ob er mich in anderer Weise ansähe, als es Grigorij tat, und ich fühlte mich befangen.

„Ich komme gleich wieder", antwortete ich und machte mich von ihm los.

„Was haben Sie gegen Ihren Anzug?" rief er mir nach.

„Sie sehen aus wie ein Bauernmädchen."

Wie sonderbar er mich angesehen hat! dachte ich, während ich mich oben eilig umkleidete. Gott sei Dank, daß er wieder da ist — nun wird sich unser Leben heiterer gestalten.

Nachdem ich mich im Spiegel betrachtet hatte, lief ich vergnügt die Treppe hinunter, und ohne verber-gen zu wollen, daß ich mich beeilt hatte, trat ich atemlos auf die Terrasse.

Er saß am Tisch und sprach mit Katja über Geschäfts-sachen. Als er mich erblickte, lächelte er, fuhr aber mit seinem Bericht fort. Seinen Mitteilungen nach befanden sich unsere Angelegenheiten im besten Stande. Wir sollten nur noch den Sommer auf dem Lande zubringen und dann zu Sonjas Erziehung entweder nach Petersburg gehen oder ins Ausland.

„Ja, wenn Sie mit uns ins Ausland reisen wollten!" sagte Katja. „Allein würden wir uns vorkommen, als ob wir uns im Wald verirrt hätten."

„Ach, wie gerne reiste ich mit Ihnen um die Welt!" antwortete er halb scherzend, halb im Ernst.

„Gut denn", sagte ich, „lassen Sie uns eine Reise um die Welt antreten."

Er lächelte und schüttelte den Kopf.

„Und mein Mütterchen, und meine Geschäfte?" antwortete er. „Aber lassen wir das — erzählen Sie mir lieber, wie Sie gelebt haben. Waren Sie wieder verdrießlich?"

Als ich ihm erzählte, daß ich mich eifrig beschäftigt und gar nicht gelangweilt hätte, und als Katja meine Worte bestätigte, lobte er mich und liebkoste mich mit Worten und Blicken, als ob ich ein Kind wäre und er ein Recht dazu hätte. Mir kam es wie etwas Notwendiges vor, ihm alles Gute, was ich getan hatte, ausführlich und offenherzig mitzuteilen, ihm aber auch alles, womit er unzufrieden sein konnte, wie in der Beichte zu gestehen.

Der Abend war so schön, daß wir nach dem Abräumen des Teetisches auf der Terrasse blieben, und unser Gespräch interessierte mich so sehr, daß ich nicht bemerkte, wie nach und nach das Geräusch der menschlichen Tätigkeit um uns verstummte. Von allen Seiten kam der Blumenduft stärker zu uns, reichlicher Tau netzte das Gras, im nahen Fliederbusch sang die Nachtigall und verstummte, als sie unsere Stimmen hörte. Und es war, als ob der Ster-nenhimmel sich zu uns herniederließe.

Daß es dunkel geworden war, bemerkte ich erst, als plötzlich eine Fledermaus lautlos unter das Segel-tuchdach der Terrasse flog und zappelnd mein weißes Tuch streifte. Ich drückte mich an die Wand und war im Begriff zu schreien, als die Fledermaus ebenso lautlos und schnell unter dem Dache fortflog und im Halbdunkel des Gartens wieder verschwand.

„Wie ich Ihr Pokrowskoje liebhabe!" sagte er, das Gespräch unterbrechend. „Mein ganzes Leben möchte ich hier so auf der Terrasse sitzen."

„Tun Sie's doch!" sagte Katja.

„Ja — tun Sie's doch", wiederholte er, „das Leben erlaubt es nicht!"

„Warum heiraten Sie nicht?" fragte Katja. „Sie würden ein ausgezeichneter Ehemann sein."

„Weil ich gern stillsitze!" sagte er lächelnd. „Nein, Katharina Karlowna, für Sie und für mich ist's zu spät zum Heiraten. Alle meine Bekannten haben schon lange aufgehört, mich als heiratsfähigen Mann zu betrachten, und ich selbst noch viel länger — seit der Zeit ist mir erst wohl geworden, wahrhaftig?

Es kam mir vor, als ob er die letzten Worte mit erzwungener Lebhaftigkeit sagte.

„Das ist hübsch — sechsunddreißig Jahre alt, und schon mit dem Leben abgeschlossen!" rief Katja.

„Und wie abgeschlossen!" fuhr er fort. „Stillsitzen ist mein einziger Wunsch, und zum Heiraten ist anderes nötig. Fragen Sie die da", fügte er hinzu, indem er mit einem Kopfnicken auf mich deutete. „Die da müssen wir verheiraten — an ihr werden wir beide uns erfreuen."

In seinem Ton lag eine versteckte Wehmut und eine Selbstbeherrschung, die mir nicht entging. Er verstummte eine Weile, und weder ich noch Katja unterbrachen das Schweigen.

„Stellen Sie sich einmal vor", fing er wieder an, indem er sich auf dem Stuhl umwandte, „stellen Sie sich einmal vor, daß ich durch eine unglückliche Fügung dazu käme, ein siebzehnjähriges Mädchen zu heiraten, etwa Masch — Maria Alexandrowna. Das ist ein vortreffliches Beispiel, ich freue mich, daß ich es gefunden habe. Es ist das allerbeste Beispiel."

Ich lachte und konnte nicht begreifen, warum er sich freute und was er gefunden haben wollte.

„Hand aufs Herz — sagen Sie mir die Wahrheit", wandte er sich zu mir. „Wäre es nicht ein Unglück für Sie, Ihr Leben mit einem alten, ausgedienten Mann zu vereinigen, der nur stillsitzen mag, während in Ihnen Gott weiß was gärt und treibt und Gott weiß welche Wünsche sich regen?"

Mir wurde unbehaglich zumute. Ich schwieg und wußte nicht, was ich antworten sollte.

„Ich mache Ihnen ja keinen Antrag", fuhr er lachend fort, „aber gestehen Sie nur — Sie träumen nicht von einem solchen Mann, wenn Sie abends allein in der Gartenallee umherwandeln. Ein solcher Mann wäre auch gewiß ein Unglück für Sie."

„Ein Unglück gerade nicht ...", fing ich an.

„Aber doch kein Glück!" fügte er hinzu.

„Nein! Aber ich irre mich vielleicht ..."

Er fiel mir wieder ins Wort. „Sehen Sie wohl!" rief er aus. „Und sie hat vollkommen recht, und ich bin ihr dankbar für diese Aufrichtigkeit. Es freut mich, daß wir dieses Gespräch gehabt haben. Übrigens ist das noch das wenigste, für mich wäre das Unglück noch größer", fügte er hinzu.

„Welch ein Sonderling Sie sind! Sie haben sich gar nicht verändert!" sagte Katja und verließ die Terras-se, um das Abendessen anzuordnen.

Nachdem uns Katja verlassen hatte, wurden wir beide still, wie alles um uns her. Nur die Nachtigall sang, aber nicht mehr wie gestern in abgebrochenen, zaudernden Sätzen, sondern in langgedehnten, ruhigen Tönen, die den ganzen Garten mit ihrem Klang überströmten. Und dann ließ, zum ersten Male an diesem Abend, eine zweite Nachtigall vom Hohlweg herüber ihre Antwort erschallen. Die erste schwieg einen Augenblick als ob sie lauschte, um dann noch lautete, vollere, klangreichere Triller über den Garten auszugießen. In ruhiger Majestät tönten diese Stim-men durch die nächtliche Welt.

Der Gärtner ging vorüber, sich im Gewächshaus schlafen zu legen; seine schweren Schritte verhallten nach und nach in der Ferne. Drüben am Berge wurde zweimal gellend gepfiffen, dann war alles wieder still. Kaum hörbar fing das Laub sich an zu wiegen, das Sonnendach der Terrasse wehte leise hin und her, und mit der bewegten Luft kamen Düfte heran und ergossen sich über die Terrasse.

Nachdem, was zuletzt gesprochen worden war, wurde mir das Schweigen peinlich; aber ich wußte nicht, was ich sagen sollte. Seine Augen blitzten mich im Halbdunkel an.

„Es ist doch schön zu leben!" sagte er endlich.

Ich atmete schwer auf.

„Was haben Sie?"

„Es ist doch schön zu leben!" wiederholte ich.

Dann schwiegen wir wieder, und mein Unbehagen wuchs. Ich sagte mir selbst, daß ich ihn kränkte, als ich zugegeben hatte, daß er alt sei, und wünschte ihn zu versöhnen, wußte aber nicht wie.

„Leben Sie wohl!" sagte er plötzlich, indem er sich erhob.

„Meine Mutter erwartet mich zum Abendessen, ich habe sie heute kaum gesehen."

„Ich wollte Ihnen eine neue Sonate vorspielen...", fing ich an.

„Ein anderes Mal", sagte er ziemlich kühl, wie mir schien.

„Leben Sie wohl!"

Ich glaubte jetzt noch mehr, daß ich ihn gekränkt hätte, und es tat mir leid. Katja und ich begleiteten ihn die Freitreppe hinunter, blieben auf dem Hof stehen und sahen ihm nach, bis er verschwunden war. Während der Hufschlag seines Pferdes in der Ferne verklang, kehrte ich auf die Terrasse zurück. Ich blickte abermals in den Garten hinunter, und in dem feuchten Nebelschleier, in dem die Töne der Nacht verschwammen, hörte und sah ich noch alles, was ich hören und sehen wollte.

*

Nachdem er ein zweites und drittes Mal bei uns gewesen war, verschwand das Unbehagen, das mir von dem sonderbaren Gespräch zurückgeblieben war, und kehrte nicht wieder. Den ganzen Sommer über kam er nun wöchentlich zwei- bis dreimal, und ich gewöhnte mich so an ihn, daß ich, — wenn er einmal länger ausblieb — das Gefühl hatte, als ob es mir schwer würde, ohne ihn zu leben, und ich zürnte ihm und fand, daß er unrecht tat, mich allein zu lassen. Er behandelte mich wie einen lieben jüngeren Kameraden, fragte mich auf die herzlichste Weise aus, gab mir Rat und trieb mich an. Zuweilen schalt er auch oder hielt mich von etwas zurück; aber trotz seines Bemühens, sich mir gleichzustellen, fühlte ich, daß unter dem, was ich von ihm kannte, noch eine ganze mir fremde Welt verborgen lag, in die mich einzulassen er nicht für nötig hielt. Gerade das zog mich am stärksten an und erhöhte meine Achtung vor ihm.

Von Katja und den Nachbarn wußte ich, daß er außer von den Sorgen um die alte Mutter, die bei ihm lebte, der Bewirtschaftung seines Gutes und unserer Vormundschaft noch von gewissen Adelsangelegenheiten, die ihm manchmal Mühe und Verdruß bereiteten, in Anspruch genommen wurde. Aber wie er das alles ansah, welche Meinungen, Pläne, Hoffnungen er hatte, darüber konnte ich nichts von ihm erfahren. Sobald ich die Unterhaltung auf seine Angelegenheiten brachte, runzelte er die Stirn in der ihm eigenen Weise, als ob er sagen wolle: „Bitte, lassen Sie das — was kann Ihnen daran liegen?", und lenkte das Gespräch auf andere Dinge.

Anfangs kränkte mich das, aber nach und nach ge-wöhnte ich mich so daran, nur von dem zu sprechen, was sich auf mich bezog, daß ich es natürlich fand.

Was mir auch anfangs nicht gefiel, später aber angenehm wurde, war seine vollständige Gleichgültigkeit und Nichtachtung gegen mein Äußeres. Nie sagte er mir, weder mit Wort noch Blick, daß ich schön wäre; im Gegenteil, er runzelte die Stirn oder lachte, wenn man mich in seiner Gegenwart hübsch nannte. Es machte ihm sogar Freude, äußerliche Mängel an mir zu finden und mich damit zu necken. Modische Klei-der oder Haartrachten, mit denen mich Katja bei feierlichen Gelegenheiten gern schmückte, riefen nur seinen Spott hervor; was dann die gute Katja kränkte und mich anfangs an ihm irremachte.

Katja, die überzeugt war, daß ich ihm gefiel, begriff nicht, daß er es nicht gern sah, wenn ich mich im vorteilhaftesten Licht zeigte. Ich verstand aber sehr bald, was er wollte: er wünschte mich frei von Eitelkeit zu sehen, und sobald ich das erkannt hatte, blieb wirklich nicht ein Schatten von Koketterie in meiner Kleidung, meiner Haartracht und meinem Benehmen; dafür aber fing ich an, mit Einfachheit zu kokettieren, solange ich noch nicht wirklich einfach zu sein vermochte. Ich wußte, daß er mich liebhatte; ob wie ein Kind oder wie ein Weib, fragte ich mich noch nicht; aber seine Liebe war mir wert, und indem ich fühlte, daß er mich für das beste Mädchen hielt, war ich nicht imstande zu wünschen, daß ihm sein Irrtum klar würde, und fing unwillkürlich an, ihn zu täuschen, Indem ich das tat, wurde ich jedoch besser. Ich fühlte, daß es etwas Edleres und Würdigeres war, ihm die Vorzüge meiner Seele zu zeigen als die Reize des Äußeren. Mein Haar, meine Hände, meine Züge, meine Haltung waren ihm mit allem, was gut oder schlecht daran sein mochte, so genau bekannt, daß in bezug darauf keine Täuschung möglich gewesen wäre. Meine Seele aber kannte er nicht, weil er sie liebte, weil sie gerade zu jener Zeit wuchs und sich entwickelte, und was sie betraf, konnte ich ihn täuschen und tat es auch. Wie leicht wurde mir zumute, als ich das erkannte! Meine grundlose Befangenheit verschwand vollständig; ich fühlte, daß er mich immer beobachtete und daß ich ihm — mochte ich mich zeigen, wie ich wollte, sitzend oder stehend, so oder so gekleidet und frisiert — immer gefiel, wie ich eben war. Ich glaube, wenn er gegen seine Gewohnheit plötzlich gesagt hätte, er fände mich schön, würde mir das nicht angenehm gewesen sein. Wie erquickend war es dagegen und wie hell wurde es in meiner Seele, wenn er mit einer Rührung, die er unter einem scherzenden Ton zu verbergen suchte, zu mir sagte:

„Ja, Sie haben etwas in sich. Sie sind ein prächtiges Mädchen — das muß ich Ihnen sagen."

Und warum wurde mir damals solches Lob zuteil, das mein Herz mit Stolz und Freude erfüllte? Weil ich gesagt hatte, daß ich die Liebe des alten Grigorij für seine Enkelin nachfühlen könne, oder weil ich über ein Gedicht oder einen Roman zu Tränen gerührt war, oder weil mir Mozart besser gefiel als Schulhof. Und merkwürdig erscheint es mit jetzt, mit welchem außerordentlichen Instinkt ich erriet, was gut war und was ich schätzen sollte, obgleich ich damals durchaus kein klares Urteil über das harte, was gut war und was ich schätzen sollte.

Die meisten meiner früheren Gewohnheiten und Neigungen sagten ihm nicht zu; aber er brauchte nur mit einer Bewegung der Augenbrauen, mit einem Blick anzudeuten, daß er mit dem, was ich sagen wollte, nicht einverstanden war — und seine abweisende oder geringschätzige Miene genügte, mich zu überzeugen, daß mir, was ich früher gern gehabt hatte, nicht mehr gefiel.

Wie oft, wenn er mir einen Rat geben wollte, wußte ich schon im voraus, was er sagen würde. Er befragte mich, indem er mir nur in die Augen sah, und sein Blick rief die Einfälle hervor, die er in mir zu finden wünschte. So waren denn alle meine damaligen Gedanken und alle meine Gefühle nicht die meinen, sondern seine Gedanken und Gefühle, die plötzlich die meinen wurden, in mein Leben übergingen und es erleuchteten.

Mir unbewußt fing ich an, alles mit andern Augen anzusehen: Katja, unsere Dienstleute, Sonja, mich selbst und meine Beschäftigungen. Das Lesen, das ich früher nur getrieben hatte, um die Langeweile zu töten, wurde plötzlich eine meiner liebsten Freuden, weil ich mit ihm darüber sprach, mit ihm zusammen las oder weil er mir die Bücher brachte. Früher war mir die Beschäftigung mit Sonja und ihr Unterricht eine schwere Aufgabe, die ich nur aus Pflichtgefühl erfüllte. Nun aber wohnte er zuweilen dem Unterricht bei, und es wurde mein Stolz, Sonjas Leistungen zu fördern. Ein gutes Musikstück zu üben, schien mir ehemals unmöglich; aber nun ich wußte, daß er es hören und mich vielleicht dafür loben würde, konnte ich dieselbe Stelle, ohne zu ermüden, vierzigmal wiederholen, so daß sich die arme Katja die Ohren mit Watte verstopfte. Meine alten Sonaten bekamen einen anderen Inhalt, einen anderen, lebendigeren Ausdruck. Sogar Katja, die ich kannte und liebte wie mich selbst, wurde eine andere in meinen Augen.

Erst jetzt kam mir zum Bewußtsein, daß sie nicht die Verpflichtung hatte, Mutter, Freundin, Sklavin für uns zu sein, wie sie es war; erst jetzt verstand ich die ganze Aufopferung und Ergebenheit dieses liebreichen Wesens, begriff, wie tief ich in ihrer Schuld war, und fing an, sie noch mehr zu lieben als bisher.

Auch unsere Leute: Bauern, Hofgesinde, Mägde, lehrte er mich anders ansehen. Es klingt seltsam, aber ich hatte bis zu meinem siebzehnten Jahre unter diesen Menschen gelebt und war ihnen fremder geblieben als anderen, die ich kaum zu sehen bekam. Ich hatte nie bedacht, daß diese Menschen ebenso liebten, wünschten und litten wie ich...Unser Garten und unsere Wälder und Felder, die ich so lange kannte, wurden mir plötzlich etwas Neues und Schönes.

Nicht umsonst sagte er, es gäbe nur ein unzweifelhaftes Glück: das Leben für andere. Anfangs kam mir das sonderbar vor; ich verstand es nicht. Doch nach und nach drang mit seine Überzeugung ohne alle Gedankenarbeit ins Herz. Er öffnete mir eine ganze Welt von Freuden, ohne in meinem Leben etwas zu ändern und ohne jedem Eindruck etwas anderes hinzuzufügen als sich selbst. Alles, was mich seit frühester Kindheit schweigend umgeben hatte, war plötzlich zum Leben erwacht. Er brauchte nur zu kommen, damit alles sprach und wetteifernd in meine Seele drang, um sie mit Glück zu erfüllen.

Oft, wenn ich in diesem Sommer in mein Zimmer hinaufging und mich niederlegte, konnte ich nicht schlafen; aber anstatt der früheren Frühlingsschwermut, der Wünsche und Hoffnungen für die Zukunft, durchbebte mich das Gefühl gegenwärtigen Glücks. Zuweilen stand ich wieder auf, setzte mich auf Katjas Bett und sagte ihr, wie glücklich ich war — was, wie ich jetzt erkenne, gar nicht nötig gewesen wäre, da sie es selbst sah. Auch sie sagte mir dann, indem sie mich küßte, daß sie keine Wünsche habe, daß sie sich glücklich fühle, und ich glaubte ihr. Es erschien mit notwendig und gerecht, daß alle glücklich wären.

Zuweilen freilich wollte Katja schlafen, stellte sich erzürnt, schickte mich zu Bett und schlummerte ein, während ich noch lange wach lag und mich in die Betrachtung alles dessen versenkte, was mein Glück ausmachte. Es kam aber auch vor, daß ich mich wieder erhob, niederkniete und zum zweiten Male betete, mit eigenen Worten betete, um Gott für alles Gute zu danken, das er mir gegeben hatte.

Wie still war es dann im Zimmer! Nur die gleichmäßigen Atemzüge der schlafenden Katja waren zu hören oder das Ticken der Uhr, die neben ihr lag, oder das Summen einer Fliege. Und ich flüsterte meine Gebete, bekreuzigte mich oder küßte das Kreuz an meinem Hals. Die Tür war zu, die Fenster-läden waren geschlossen, und ich wünschte, dieses Zimmer niemals wieder zu verlassen. Ich hatte kein Verlangen, daß der Morgen anbräche, und nur den einen Wunsch, daß die seelische Atmosphäre, die mich umfing, sich nie verflüchtigen möge. Meine Träume, Gedanken und Gebete erschienen mir als lebendige Wesen, die hier im Dunkeln mit mir lebten, mein Bett umschwärmten und über mir schwebten. Und jeder Gedanke war sein Gedanke, jedes Gefühl sein Gefühl. Damals wußte id-i noch nicht, daß das Liebe war; ich glaubte, daß es immer so bleiben könnte und daß es, um so zu empfinden, nicht eines besonderen Anlasses bedürfe.

III. KAPITEL

Eines Nachmittags, zur Zeit der Kornernte, gingen Katja, Sonja und ich in den Garten auf unsere Lieblingsbank im Schatten der Linde am Hohlwege, hinter dem sich eine Aussicht auf Wald und Felder öffnete.

Sergej Michailowitsch war schon zwei, drei Tage nicht bei uns gewesen, und heute erwarteten wir ihn um so sicherer, als wir durch unseren Verwaltet wußten, daß er versprochen hatte, aufs Feld zu kommen. Gegen zwei Uhr sahen wir ihn auch wirklich zu den mit der Ernte beschäftigten Leuten hin-ausreiten. Katja befahl, Pfirsiche und Kirschen zu bringen, die er sehr gern aß, und indem sie mich lächelnd ansah, rückte sie sich auf der Bank zurecht und schlummerte ein. Ich brach einen Lindenzweig mit saftigen Blättern und saftigem Bast, der mit die Hand feucht machte. Damit fächelte ich Katja, indem ich zu lesen fortfuhr, mich darin aber immerwährend unterbrach und auf den Feldweg sah, auf dem er kommen mußte.

Sonja saß auf den Wurzeln einer alten Linde und baute eine Laube für ihre Puppen. Der Tag war heiß, die Luft regungslos, der Boden duftete stark, und die dunklen Wolken, in denen vom frühen Morgen an ein Gewitter braute, hatten sich eine Weile zusam-mengezogen. Im war aufgeregt, wie immer vor dem Gewitter. Aber jetzt Engen die Wolken an, sich zu zerteilen und aufzulösen; die Sonne drang durch, der Himmel klärte sich; nur in weiter Ferne ließ sich dann und wann ein Donner hören, und aus den schweren Wolken, die noch am Horizont lagen und sich mit dem Staub des Feldes zu mischen schienen, fuhr dann und wann das blasse Zickzack eines Blitzes zur Erde nieder. Für heute war also das Gewitter, wenigstens an unserer Gegend, vor-übergegangen.

Auf dem Weg, der hinter dem Garten hie und da sichtbar wurde, kamen unaufhörlich Wagen vorbei, die sich bald, hoch mit Garben beladen, langsam und knarrend vorüber schleppten, bald rasselnd wieder hinausfuhren, während der Bauer mit zitternden Beinen und flatterndem Hemde draufstand. Der dicht aufwirbelnde Staub wurde nicht fortgetrieben und sank nicht zu Boden, sondern blieb hinter dem geflochtenen Zaun zwischen den durchsichtigen Laubkronen der Bäume förmlich stehen. Von der Scheune herüber klangen Stimmen und Räderknarren, die Garben, die langsam am Zaun vorübergefahren waren, flogen dort durch die Luft, und bald wuchsen vor meinen Augen große, spitzig zulaufende Korndiemen in die Höhe, auf denen sich die Gestalten der Bauern regten. Auch auf dem staubigen Feld war buntes Treiben zu sehen, und Wagengerassel, Stimmen und Gesänge klangen von weitem her-über. Auf der einen Seite wurde der Acker leerer und leerer. Zwischen dem gemähten Korn zeigten sich grüne, mit Wermut be-wachsene Raine und die hellen Gestalten der Binderinnen, die das Getreide zusammenbanden und die Garben aufstellten. Es war, als ob sich vor meinen Augen der Sommer in Herbst verwandelte. Staub und Hitze waren überall, nur nicht an unserem Lieblings-plätzchen im Gar-ten. Von allen Seiten wogte in diesem Staub, dieser Hitze, in glühender Sonne, schwatzend und die Hände regend das Arbeitsvolk.

Aber Katja schlummerte währenddessen sanft at-mend unter dem weißen Batisttuche auf unserer kühlen Bank; schwarzglänzende, saftige Kirschen standen auf dem Tisch; unsere Kleider waren frisch und rein; das Wasser im Krug spielte in Regenbogenfarben in der Sonne, und mir war so wohl!

Was tun? dachte ich. Wodurch habe ich es verdient, daß ich so glücklich bin? Und wie kann ich mein Geschick teilen, wie mich und all mein Glück anderen hingeben und wem?

Die Sonne versank schon hinter den Wipfeln der Lindenallee, der Staub im Felde legte sich, die Ferne war in der Seitenbeleuchtung klarer und deutlicher zu sehen, und die Wetterwolken verschwanden vollständig. Im Hofe hinter den Bäumen waren drei neue Diemen zu sehen, von denen die Bauern eben herunterkletterten, und unter dem Geschrei der Fahrenden rasselten die Wagen, sichtlich zum letzten Mal, vorüber. Weiber mit Rechen auf der Schulter und Strohseilen am Gürtel zogen singend nach Haus. Aber Sergej Michailowitsch kam noch immer nicht, obwohl ich längst gesehen hatte, daß er die Höhe herabgeritten war.

Plötzlich zeigte sich seine Gestalt in der Allee von der Seite, wo ich ihn nicht erwartete (er war nicht durch den Hohlweg gekommen). Mit heiterem, leuchtendem Gesicht und entblößtem Haupt kam er raschen Schrittes auf mich zu. Als er bemerkte, daß Katja schlief, preßte er die Lippen zusammen, kniff die Augen zu und ging auf den Zehen. Ich bemerkte sogleich, daß er sich in jener eigentümlichen

Stimmung grundloser Lustigkeit befand, die mir so besonders lieb an ihm war und die wir „wildes Entzücken" zu nennen pflegten. Er war dann wie ein Schulknabe, der dem Unterricht entronnen ist, und sein ganzes Wesen vom Kopf bis zu den Füßen atmete Fröhlichkeit, Glück und kindliche Ausgelassenheit.

„Guten Tag, junges Veilchen! Wie geht's? Gut?" sagte er leise, indem er herantrat und mir die Hand drückte.

„Mir ausgezeichnet", antwortete er auf meine Frage, „heute bin ich dreizehn jahre alt, ich hätte Lust, Pferdchen zu spielen und auf Bäume zu klettern."

„ln wildem Entzücken also?" sagte ich, indem ich seine lachenden Augen ansah und fühlte, daß das „wilde Entzücken" auch auf mich überging.

„Ja!" antwortete er, mit einem Auge blinzelnd und ein Lächeln zu unterdrücken suchend. „Aber warum wird denn Katharina Karlowna auf die Nase geschlagen?" Da ich ihn ansah, während ich mit dem Zweige zu fächeln fortfuhr, hatte ich nicht bemerkt, daß ich das Tuch von Katjas Gesicht gestreift hatte und sie mit den Blättern berührte.

Ich lachte.

„Sie wird behaupten, daß sie gar nicht geschlafen habe", sagte ich ganz leise, weniger um sie nicht zu wecken, als weil es mir angenehm war, leise mit ihm zu sprechen.

Er ahmte die Bewegungen meiner Lippen nach, als ob er ausdrücken wollte, daß ich zu leise spräche, um verstanden zu werden. Dann erblickte er den Teller mit den Kirschen, griff danach wie verstohlen, ging zu Sonja unter die Linden und setzte sich auf ihre Puppen. Sonja war böse, aber er versöhnte sich bald mit ihr, indem er ihr das Spiel vorschlug, daß sie um die Wette Kirschen essen wollten.

„Wünschen Sie, daß ich noch welche bringen lasse", sagte ich, „oder wollen wir selbst welche holen?"

Er nahm den Teller, legte die Puppen darauf, und so gingen

nach dem Gewächshaus; Sonja lief lachend hinter uns her und zog ihn am Rockschoße, damit er ihr die Puppen wiedergabe. Er erfüllte ihr Verlangen und wandte sich zu mir.

„Nun, sind Sie etwa kein Veilchen?" sagte er noch immer leise, obwohl hier nicht zu fürchten war, daß er jemand weckte. „Als ich vorhin aus all dem Staub, der Hitze, der Arbeit in Ihre Nähe kam, umfing mich gleich ein Veilchenduft — und nicht der der Treibhausveilchen, sondern jener ersten, dunklen, die im tauenden Schnee im Frühlingsgras sprießen."

„Und wie steht es? Geht in der Wirtschaft alles gut?" fragte ich, um die süße Verwirrung zu verbergen, die seine Wong in mir hervorgerufen hatten.

„Ausgezeichnet! Diese Leute sind immer ausgezeich-net. Je mehr man sie kennenlernt, umso lieber hat man sie."

„Ja", erwiderte ich. „Heute, ehe Sie kamen, sah ich vom Garten aus den Arbeitern zu und fühlte mich beschämt,daß sie sich abmühen, während ich es so gut habe und..."

„Kokettieren Sie damit nicht, liebe Freundin", unterbrach er mich und nahm plötzlich einen ernsten Ton an, sah mir dabei freundlich in die Augen, „das ist etwas Heiliges ... Gott behüte Sie davor, sich damit schmücken zu wollen!"

„Ich sage das ja nur Ihnen!"

„Nun ja, das weiß ich! Wo sind die Kirschen?"

Das Gewächshaus war verschlossen und keiner der Gärtner zu sehen. (Er hatte sie alle mit aufs Feld geschickt.) Sonja lief den Schlüssel holen; aber er wollte nicht darauf warten, kletterte an dem Mauer-werk hinauf hob das Netz ab und sprang hinein.

„Wollen Sie welche haben? Geben Sie mir den Teller!" hörte ich seine Stimme von innen.

„Nein, ich will selbst pflücken; ich werde den Schlüssel

holen", sagte ich, „Sonja findet ihn nicht."

Aber in demselben Augenblick überkam mich das Verlangen zu verfolgen, was er tun, wie er aussehen und sich bewegen würde, während er unbeobachtet zu sein glaubte. Vielleicht trieb mich auch einfach der Wunsch, ihn nicht einen Augenblick aus den Augen zu verlieren. Auf den Zehen lief ich durch das Unkraut auf die andere Seite um das Gewächhaus herum, wo es niedriger war, und stieg auf eine leere Tonne, so daß die Mauer mir nur noch bis an die Brust reichte, bog mich hinunter und übersah das Innere des ganzen Hauses mit seinen alten, knorrigen Bäumen und breiten Blättern, zwischen denen die schweren, schwarzen, saftigen Kirschen nieder-hingen, und nachdem ich den Kopf unter das Netz geschoben hatte, entdeckte ich Sergej Michailowitsch unter den Ästen eines alten Kirschbaumes. Er glaubte wahrscheinlich, daß ich fortge-gangen wäre und daß ihn niemand sähe, hatte den Hut abgenommen, die Augen geschlossen, saß auf dern Stumpfe eines alten Obstbaumes und drehte ein Stück Kirschharz eifrig zu einem Ball zusammen. Plötzlich zuckte er mit den Achseln, schlug die Augen auf und sagte lächelnd ein Wort vor sich hin.

Dieses Wort und dieses Lächeln waren mir so ungewohnt an ihm, daß ich mich schämte, ihn zu belauschen. Mir war, als hätte er „Mascha" geflüstert. „Es kann nicht sein!" sagte ich zu mir selbst; aber in demselben Augenblick wiederholte er noch leiser und zärtlicher: „Liebe Mascha!" Ich hörte diese Worte ganz genau; mein Herz fing heftig an zu klopfen, und die Freude, die mich durchbebte, hatte etwas von der Aufregung eines verbotenen Gefühls. Ich mußte mich an der Mauer halten, um nicht zu fallen und mich nicht zu verraten. Aber er hatte meine Bewegung gehört, sah erschrocken umher, schlug plötzlich die Augen nieder, errötete tief, wie ein Kind, wollte etwas sagen, konnte nicht und erglühte mehr und mehr. Aber dann sah er mich lächelnd an, und ich lächelte ebenfalls; sein Gesicht leuchtete vor Freude. Das war nicht mehr der alte, mich liebkosende oder belehrende Onkel, das war ein mir gleichstehender Mensch, der mich liebte und mich fürch-tete und den ich liebte und fürchtete. Wir sagten nichts — wir sahen uns nur an; aber plötzlich wurde er ernst, das Lächeln und der Glanz der Augen verschwanden, er wandte sich wieder väterlich kühl zu mir, als hätten wir etwas Böses getan und als wäre er wieder zu sich gekommen und gäbe mir den Rat, mich zu besinnen.

„Steigen Sie da herunter — Sie können sich weh tun!" sagte er. „Und streichen Sie das Haar zurück! Wie sehen Sie aus!"

Warum verstellt er sich — warum will er mir wehtun? dachte ich betrübt, und in demselben Augenblick kam das unüber-windliche Verlangen über mich, ihn noch einmal in Ver-legenheit zu bringen und meine Macht über ihn zu prüfen.

„Nein, ich will Kirschen pflücken", sagte ich, griff mit beiden Händen nach dem nächsten Ast, schwang mich auf die Mauer und sprang, ehe er noch Zeit hatte, mich zu unterstützen, in das Gewächshaus hinunter.

„Was machen Sie für Torheiten!" rief er aus, indem er abermals errötete und unter dem Schein des Ärgers seine Verwirrung zu verbergen suchte. „Sie hätten sich sehr weh-tun können Und wie wollen Sie wieder herauskommen?"

Er war noch verlegener als vorher; aber jetzt war mir diese Verlegenheit nicht angenehm, sondern peinlich. Sie steckte mich an. Ich fühlte, daß ich errötete, wandte mich von ihm ab, war nicht imstande, ihm etwas zu sagen, und fing an, Kirschen zu pflücken, die ich nirgends hinzulegen wußte.

Ich machte mir Vorwürfe, bereute mein Benehmen, fürchtete den Eindruck, den ich auf ihn gemacht haben könnte, und mir war zumute, als ob ich mich in seinen Augen auf immer vernichtet hätte. Wir schwiegen beide, und es war ein peinlicher Zustand, bis Sonja mit dem

Schlüssel herbeikam und uns befreite; und auch dann sprachen wir noch nicht miteinander, sondern wandten uns Sonja zu.

Erst als wir zu Katja zurückkehrten, die uns versicherte, daß sie nicht geschlafen, sondern alles gehört habe, wurde ich ruhiger. Er versuchte wieder, seinen wohlwollend väterlichen Ton anzuschlagen, aber dieser Ton wollte ihm nicht mehr gelingen und täuschte mich nicht mehr, denn ich erinnerte mich lebhaft eines Gespräches, das einige Tage vorher zwischen uns stattgefunden hatte. Katja war damals der Ansicht, daß es dem Manne leichter wäre zu lieben und seine Liebe auszusprechen als dem Weibe.

„Der Mann kann sagen, daß er liebt, die Frau aber nicht", bemerkte sie.

„Nein, ich glaube, auch der Mann kann und darf nicht sagen, daß er liebt", antwortete er.

„Warum denn nicht?" fragte ich.

„Weil es immer eine Unwahrheit sein wird. Was ist das für eine wichtige Entdeckung, daß ein Mensch liebt! Als ob, wenn er dies Geständnis gemacht hat, plötzlich wie mit einem Knall etwas dastände! Klapp: er liebt! Als ab in dem Augenblick, in dem er dieses Wort gesagt hat, etwas Außergewöhnliches geschehen müßte! Wunder und Zeichen — oder aus allen Kanonen gefeuert werden müßte. Ich glaube", fügte er hinzu, „daß Menschen, die feierlich beteuern ‚Ich liebe Sie!', entweder sich selbst oder — was noch schlimmer ist — andere betrügen."

„Wie aber erfährt eine Frau, daß sie geliebt wird, wenn der Mann es ihr nicht sagt?" fragte Katja.

„Das weiß ich nicht", antwortete er, „jeder Mensch hat seine eigene Ausdrucksweise. Und wenn das Ge-fühl da ist, wird es sich kundzugeben verstehen. Wenn ich Romane lese, muß ich mir immer vor-stellen, was für ein verlegenes

Gesicht der Leutnant Strelski oder Alfred machen muß, wenn er sagt: ‚Ich liebe dich, Eleonore!' — und denkt, es müsse etwas Außerordentliches geschehen, während bei ihm wie bei ihr alles beim Alten bleibt: dieselben Augen, dieselbe Nase und alles dasselbe."

Schon damals fühlte ich aus diesem Scherz etwas Ernstes heraus, das sich auf mich bezog. Aber Katja duldete nicht, daß mit den Romanhelden so gering-schätzig umgegangen wurde.

„Ewig Paradoxa! rief sie aus. „Sagen Sie aufrichtig: haben Sie nie einer Frau gestanden, daß Sie sie lieben?"

„Niemals habe ich so etwas gesagt und bin auch nie-mals auf die Knie gefallen und werde das auch künftig nicht tun!" gab er lachend zur Antwort.

Er braucht mir gar nicht zu sagen, daß er mich liebt dachte ich jetzt, indem ich mich dieses Gespräches erinnerte, er liebt mich, ich weiß es, und alle seine Versuche, gleichgültig zu scheinen, werden mir die-sen Glauben nicht nehmen!

Er sprach den ganzen Abend wenig mit mir, aber in jedem seiner Worte zu Katja, zu Sonja, in jeder Bewegung, jedem Blick sah ich seine Liebe und zwei-felte nicht an ihr. Aber ich empfand ein Gemisch von Ärger und Bedauern.

Warum hält er es noch für nötig, geheim zu tun und Kälte zu heucheln, wenn alles so klar ist, so leicht und einfach sein könnte, wenn es so möglich wäre, unaussprechlich glücklich zu sein? fragte ich immer wieder. Aber es peinigte mich wie ein Verbrechen, daß ich zu ihm ins Gewächshaus hinuntergesprun-gen war.

Nach dem Tee ging ich ans Klavier. Er folgte mir.

„Spielen Sie etwas — ich habe Sie lange nicht gehört", sagte er, als er mich im Saale einholte.

„Das wollte ich auch — Sergej Michailowitsch!" sagte ichund sah ihm plötzkich gerade in die Augen. „Sie sind mir doch nicht böser?"

„Warum sollte ich?" fragte er. Es war mir immer, als müßte er aufgehört haben, mich zu achten, als müßte er mir böse sein.

„Weil ich am Nachmittag ungehorsam war", meinte ich errötend.

Er verstand mich, schüttelte lächelnd den Kopf, und sein Blick schien zu sagen, daß er eigentlich schelten müsse, aber nicht die Kraft dazu in sich fühle.

„Es schadet also nichts — wir sind wieder Freunde?" fragte ich und setzte mich ans Klavier.

„Versteht sich!" sagte er.

In dem großen, hohen Saal brannten nur die beiden Kerzen auf dem Klavier; der übrige Raum lag im Halbdunkel. Durch die geöffneten Fenster schien die helle Sommernacht herein; alles war still, nur Katjas ungleichmäßige Schritte ließen sich aus dem dunklen Salon hören, und sein Pferd, das vor dem Fenster angebunden war, schnaubte und schlug mit den Hufen in die Kletten.

Er saß hinter mir, so daß ich ihn nicht sehen konnte, aber überall, im Halbdunkel des Zimmers, in den Tönen, in mir selbst empfand ich seine Gegenwart; jeden seiner Blicke, jede seiner Bewegungen fühlte ich, ohne sie zu sehen, in der Tiefe meines Herzens.

Ich spielte die Fantasie-Sonate von Mozart, die er mir mitgebracht und die ich bei ihm und für ihn gelernt hatte. Ich dachte nicht an das, was ich spielte, muß aber meine Sache wohl gut gemacht haben, denn er schien damit zufrieden zu sein. Ida teilte den Genuß, den er dabei hatte, und ohne ihn zu sehen, fühlte ich, daß sein Blick auf mir ruhte. Endlich sah ich mich nach ihm um, fuhr aber unwillkürlich und halb bewußtlos fort, die Finger zu bewegen. Sein Kopf zeichnete sich auf dem hellen Hinter-grunde des Nachthimmels ab; er hatte die Wange auf die Hand gestützt und sah mich mit glänzenden Augen unverwandt an. Ich lächelte, als ich seinem Blick begegnete, und hörte auf zu spielen; auch er lächelte, deutete aber vorwurfsvoll mit einer Kopfbewegung auf die Noten, damit ich weiterspiele.

Als ich mein Spiel unterbrach, stieg eben der Mond herauf, und es wurde heller in dem Saal, den jetzt außer dem schwachen Licht der Kerzen auch noch der silberne Schein erleuchtete, der durch die Fenster auf den Fußboden fiel. Katja kam herbei und sagte, es habe weder Sinn noch Verstand, so an der schönsten Stelle abzubrechen, und überdies hätte ich schlecht gespielt. Er dagegen versichere, ich hätte nie so gut gespielt wie heut, und fing an, in den Zim-mern hin und her zu gehen, aus dem Saale in den dunklen Salon und wieder zurück in den Saal, wobei er sich jedesmal lächelnd nach mir umsah. Auch ich lächelte, ich hätte sogar ohne jede Veranlassung lachen mögen, so freute ich mich über irgendetwas, das heute, soeben geschehen sein mußte.

Als er wieder einmal in der Salontür verschwand, umarmte ich Katja, die neben mir am Klavier stand, und küßte sie auf den vollen Hals unter dem Kinn. Als er aber zurückkehrte, machte ich ein ernstes Gesicht, obwohl ich das Lachen kaum zu unterdrücken vermochte.

„Was ist nur heute mit ihr vorgegangen?" fragte Katja.

Er antwortete nicht. Er lächelte mir nur zu — denn er wußte, was mit mir vorgegangen war.

„Sehen Sie, welch eine Nacht!" rief er gleich darauf aus dem Salon, indem er vor der offenen Balkontür stehenblieb, die nach dem Garten hinausging.

Wir folgten ihm, und wirklich, es war eine Nacht, wie ich keine je wiedergesehen habe. Der volle Mond stand hinter uns über dem Haus, so daß er nicht zu sehen war und der Schatten des Daches, der Säulen und der Markise auf der Terrasse schräg über den sandbestreuten Weg und den

Rasenplatz fiel. Alles Übrige war hell und vom Silber des Taus und des Mondlichts übergossen. Der breite Weg zwischen den Blumenbeeten, auf den von der einen Seite der Schatten der hohen Georginen und ihrer Stäbe fiel, verlor sich, ganz in Licht und Kühle gehüllt und von Kieselsteinen funkelnd, in der nebligen Ferne. Hinter den Bäumen war das helle Glasdach des Treibhauses zu sehen, und aus dem Hohlweg stieg weißer wallender Nebel auf. Die bereits entlaubten Fliederbüsche waren bis auf die kleinsten Zweige von Licht umflossen. Die vom Tau benetzten Blumen konnte man alle deutlich erkennen, während in den Alleen Licht und Schatten so eigentümlich verschwammen, daß sie nicht mehr Bäume und Wege, sondern hohe, durchsichtige, schwankende, zitternde Wölbungen zu sein schienen. Rechts, im Schatten des Hauses, war alles schwarz und unheimlich. Aber um so heller hob sich aus dieser Finsternis der phantastische, leuchtende Wipfel der Silberpappel, die wie mit ausgebreiteten Flügeln bereit schien, fortzuschweben in die schimmernde, tiefblaue Weite.

„Wollen wir nicht spazierengehen?" fragte ich.

Katja stimmte zu, bemerkte aber, ich sollte Über-schuhe anziehen.

„Das ist nicht nötig, Katja", sagte ich, „Sergej Michailowitsch wird mir den Arm geben." Als ob meine Füße dadurch vor Nässe geschützt werden könnten! Damals aber verstanden wir alle, was ich meinte, und fanden es in der Ordnung. Er pflegte mir niemals den Arm zu geben; jetzt aber nahm ich ihn ohne weiteres, und er schien sich nicht darüber zu wundern. Wir gingen alle zusammen die Terrasse hinunter; die ganze Welt sah fremdartig aus — dieser Himmel, dieser Garten, diese Luft waren mir unbekannt.

Wenn ich die Allee, in der wir gingen, hinuntersah, war mir, als ab wir nicht weiterkönnten, als ob dicht vor uns jede Möglichkeit der freien Bewegung auf-hört: und alles auf immer in unantastbare Schönheit wie eingeschmiedet wäre. Aber wir bewegten uns, und die Zauberwand der Schönheit tat sich auf, ließ uns ein, und nun war es wieder unser Garten mit seinen Blumen, seinen Wegen, seinen trockenen Blättern; und wir gingen auf diesen Wegen, traten auf die Lichtkreise und Schatten, und wirkliches trockenes Laub raschelte unter unseren Füßen, und ein frischer Zweig berührte meine Wange. Und er war es, der in gleichmäßigen, langsamen Schritten an meiner Seite wandelte und behutsam meinen Arm führte, und Katja war es, die mit knarrenden Schu-hen neben uns ging. Und der Mond stand am Himmel und sah durch regungslose Zweige auf uns nieder. Aber mit jedem Schritt hinter uns und vor uns schloß sich wieder die Zauberwand, und ich glaubte nicht mehr daran, daß man noch weitergehen könnte. Ich glaubte nicht mehr an alles das, was war.

„Ach, ein Frosch!" rief Katja.

Wer sagt das und warum? dachte ich, aber dann fiel mir ein, daß es Katja war und daß sie sich vor Fröschen fürchtete.

Ich sah vor meine Füße nieder; ein Fröschlein sprang auf und blieb dann regungslos liegen, so daß sein kleiner Schatten auf dem hellen Lehmboden des Weges zu sehen war.

„Sie fürchten sich nicht?" fragte er.

Ich sah zu ihm auf. Wo wir standen, war eine Lücke in der Lindenreihe, und ich sah deutlich sein schönes, glückliches Gesicht. „Sie fürchten sich nicht?" hatte er gesagt, ich aber hörte deutlich die Wote: „Ich liebe dich! Geliebtes Mädchen!" Und: „Ich liebe dich! Ich liebe dich!" wiederholte sein Blick, seine Hand — und Licht, Schatten, Luft, alles wiederholte und bestätigte diese Worte.

Wir gingen durch den ganzen Garten; Katja beglei-tete uns mit ihren kleinen Schritten und atmete schwer. Endlich sagte sie, es wäre Zeit, ins Haus zurückzukehren. Ich hatte Mitleid mit der Armen. — Warum fühlt sie nicht dasselbe wie du? dachte ich. Warum sind in dieser Nacht nicht alle Menschen jung und glücklich wie ich und er?

Wir gingen ins Haus zurück, aber obwohl schon die Hähne krähten, alles im Hof schlief und sein Pferd immer ungeduldiger schnaubte und stampfte, ritt er noch nicht fort. Auch Katja mahnte uns nicht, daß es spät sei, und so saßen wir, ohne es zu wissen, bis drei Uhr morgens beisammen und sprachen von den gleichgültigsten Dingen; die Hähne krähten schon zum drittenmal, und der Tag begann zu grauen, als er endlich aufbrach. Er nahm Abschied wie gewöhn-lich, sagte nichts Besonderes, aber ich wußte jetzt, daß er mein war und daß ich ihn nicht wieder verlieren würde.

Und dann gestand ich mir, daß ich ihn liebte, und sobald ich das getan hatte, ging ich zu Katja und erzählte ihr alles. Sie war erfreut und gerührt — aber sie konnte schlafen, die Arme! In dieser Nacht! Ich da-gegen ging noch lange, lange auf der Terrasse und im Garten umher, dachte zurück an jedes seiner Worte, an jede seiner Bewegungen und wanderte wieder durch die Alleen, durch die ich mit ihm gegangen war. Die ganze Nacht blieb ich wach, zum erstenmal im Leben sah ich den Sonnenaufgang und das Morgengrauen. Und nie wieder habe ich weder eine sol-che Nacht noch einen solchen Morgen gesehen.

Warum aber sagt er nicht einfach, daß er mich liebt? fragte ich mich selbst. Warum sucht er nach Hinder-nissen und nennt sich alt, während alles so einfach und schön ist? Warum verliert er die goldene Zeit, die vielleicht so nie wiederkommt? Ob er mit Worten sagt: „Ich liebe dich!" oder nur meine Hand faßt, errötet, die Augen niederschlägt — ich würde ihn verstehen und ihm alles sagen. Nein, sagen nicht! Ihn umarmen, mich an ihn schmiegen und weinen. Aber wie, wenn ich mich irrte? Wenn er mich nicht liebte? fiel mir plötzlich ein.

Ich erschrak vor meinem Gefühl. Gott weiß, wohin es mich führen und sein und mein Empfinden ver-wirren könnte! Und dann fiel mir wieder ein, wie ich ins Gewächshaus hinuntergesprungen war, und mir wurde schwer, sehr schwer zumute, Tränen stürzten mir aus den Augen, und ich fing an zu beten.

Und dann kam mir plötzlich ein seltsamer Einfall, der mich beruhigte und mit Hoffnung erfüllte. Ich nahm mir vor, von heute an zu fasten, um mich zum Abendmahl vorzubereiten, das ich an meinem Geburtstag nehmen wollte, und an diesem Tage wollte ich seine Braut werden.

Warum, wie das geschehen könnte — ich wußte es nicht, aber ich glaubte und wußte von diesem Augenblick an, daß es so sein würde.

Es war inzwischen Tag geworden; die Hofleute fingen an, sich zu regen, und ich ging in mein Zimmer hinauf.

IV.KAPITEL

Die Fasten derHimmelfahrt Mariä hatten begonnen, und alle im Hause fanden es natürlich, daß ich mich in dieser Zeit zur Abendmahlfeier vorbereitete.

Sergej Michailowitsch kam diese ganze Woche nicht einmal zu uns, und ich wunderte mich nicht darüber, ängstigte mich nicht, zürnte ihm nicht; im Gegenteil, es freute mich, daß er nicht kam, und ich erwartete ihn erst zu meinem Geburtstag.

Die ganze Woche hindurch stand ich früh auf und ging, bis angespannt war, allein in den Garten, nahm in Gedanken alle Sünden des vergangenen Tages durch und überlegte, wie ich es anfangen könnte, um mit dem heutigen Tag zufriedener zu sein und nicht wieder zu fehlen. Damals schien es mir leicht, sich rein von Sünden zu erhalten, ich glaubte, daß man nur ernstlich zu wollen brauche.

Dann fuhr der Wagen vor; Katja oder eines der Dienstmädchen setzte sich zu mir, und wir fuhren die drei Werst weit nach der Kirche. Sobald ich in die Kirche kam, erinnerte ich mich, daß für alle gebetet wird, die „mit Gottesfurcht eintreten", und ich gab mir ernstlich Mühe, mit dieser Empfindung die zwei mit Gras bewachsenen Stufen der Vorhalle zu überschreiten.

In der Kirche pflegten um diese Zeit nicht mehr als etwa zehn Personen anwesend zu sein: fastende Bäuerinnen und Hofleute. Ich ließ es mir angelegen sein, ihre Grüße mit freundlicher Demut zu erwi-dern, und ging — was mir wie eine Heldentat vorkam — an die Kerzenschublade, ließ mir von dem Küster, einem alten Soldaten, eine Kerze anzünden und stellte sie vor die Heiligenbilder. Durch die Haupttür des Allerheiligsten sah man die Altardecke, die Mama gestickt hatte. Über der Heiligenwand standen die beiden Engel mit Sternen, die mir so groß erschienen waren, als ich noch klein war, und über ihnen schwebte die Taube mit dem gelben Heiligenschein, die ich immer so sehr bewundert hatte. Hinter dem Chorgitter zeigte sich das verbogene Taufbecken, an dem ich so viele Kinder unserer Hofleute hatte taufen sehen und an dem ich selbst getauft worden war. Und dann erschien der alte Priester in der aus des Vaters Sargdecke verfertigten Stola und las die Messe mit derselben Stimme, mit der er, solange ich mich erinnern konnte, den Gottesdienst in unserem Haus gehalten, Sonja getauft und die Leichenmessen für den Vater und die Mutter gelesen hatte; und dieselbe klapperige Stimme des Psalmensängers erscholl vom Chor; und dasselbe alte Weib, das ich bei jedem Gottesdienst gesehen hatte, stand gebückt an der Wand, sah mit tränenden Augen auf das Heiligenbild über dem Chor, drückte die zusammengelegten Finger an das verschossene Kopftuch und murmelte mit zahnlosem Munde vor sich hin. Das alles war nichts Neues für mich, war mir aber nicht allein wegen der damit verknüpften Erinnerung heilig, sondern schien mir an sich voll tiefer Bedeutung zu sein. Ich lauschte auf jedes Wort der vorgelesenen Gebete, suchte andächtig zu antworten, und wenn ich etwas nicht verstand, bat ich in Gedanken, Gott möge mich erleuchten, oder ersetzte das nicht Gehörte durch eigene Worte. Wenn die Bußgebete gelesen wurden, rief ich mir meine Vergangenheit ins Gedächtnis, und diese kindlich unschuldige Vergangenheit er-schien mir so schwarz im Vergleich mit dem jetzigen lichtvollen Zustand meiner Seele, daß ich in Tränen ausbrach und vor mir selber schauderte; dabei fühlte ich aber, daß das alles vergehen würde, auch wenn ich noch schwerere Sünden auf der Seele hätte, — daß meine Reue dann sogar noch süßer wäre. Zu Ende des Gottesdienstes, wenn der Priester sagte: „Gottes Segen über euch!", hatte ich jedesmal ein kör-perliches Gefühl des Wohlbehagens, als ob bei diesen Wor-ten Licht und Wärme in mein Herz drängen.

Nach Schluß des Gottesdienstes pflegte der Priester zu mir herauszukommen und zu fragen, ob und wann er sich bei uns einfinden solle, um die Vesper zu lesen; aber dann dankte ich ihm gerührt für die Mühe, die er sich meinet-wegen geben wolle, und sagte, daß ich wieder in die Kirche käme. „Sie wollen sich selbst bemühen?" fragte er dann. Und ich wußte nicht, was ich antworten sollte, ohne mich durch Stolz zu versündigen.

Wenn mich Katja nicht begleitete, schickte ich immer vor der Messe die Pferde zurück und ging allein zu Fuß nach Hause. Demütig grüßte ich alle, die mir begegneten; ich suchte jeder Gelegenheit zu helfen, zu raten, ein Opfer zu bringen, einem Wagen mit aufzuhelfen, ein Kind zu wiegen, aus dem Wege zu gehen und mich dabei schmutzig zu machen.

Eines Abends, als unser Verwalter mit Katja über die Vorgänge im Dorfe sprach, hörte ich ihn sagen, daß der Bauer Simon gekommen sei, um Bretter für den Sarg seiner Tochter und einen Rubel für Toten-messen zu erbitten, und daß er ihm beides gegeben habe.

„Sind die Leute so arm?" fragte ich.

„Sehr arm, gnädiges Fräulein; sie haben nicht das Salz zum Brote", antwortete der Verwalter. Mir war, als ob mir etwas das Herz zusammenschnürte, und dabei empfand ich doch eine gewisse Freude. Ich sagte Katja, daß ich spazieren-gehen wollte, lief hinauf, suchte mein Geld zusammen — es war nicht viel, aber alles, was ich besaß, und nach-dem ich mich bekreuzt hatte, ging ich allein über die Terrasse und durch den Garten nach dem Dorfe zu Simons Hütte. Sie lag am Rande des Dorfes. Von niemand bemerkt, näherte ich mich dem Fenster, legte Geld ins Fenster und klopfte an. Es trat jemand aus der Hütte heraus, und eine Stimme rief, wer da sei. Ich aber erschrak und lief, zitternd vor Furcht wie eine Verbrecherin, so schnell ich konnte, nach Hause zurück.

Katja fragte mich, wo ich gewesen und was mir geschehen sei; aber ich verstand kaum, was sie sagte, und gab ihr keine Antwort; alles schien mir plötzlich so nichtig und klein. Ich schloß mich in mein Zimmer ein, ging dort lange hin und her und war nicht imstande, etwas zu tun, zu denken, mir über meine eigenen Gefühle Rechenschaft zu geben.

Nachdem ich ruhiger war, dachte ich an die Freude der armen Familie, an die Dankbarkeit, mit der sie den Geber des Geldes nennen würden, und es tat mir leid, daß ich es ihnen nicht selbst gegeben hatte. Ich stellte mir auch vor, was Sergej Michailowitsch sagen würde, wenn er von dieser Handlung erfahren würde; und es kam eine so große Freudigkeit über mich, und alles — auch ich selbst —

erschien mir in so mildem Lichte, daß der Gedanke an den Tod zu einem Traum des Glücks für mich wurde. Ich lächelte, betete, weinte und empfand für alle Menschen, und auch für mich selbst, eine leidenschaftliche Zuneigung.

In den Zwischenzeiten von einem Gottesdienst zum andern las ich das Evangelium; und immer verständlicher wurde mir dieses Buch, immer rührender und einfacher erschien mir die Geschichte dieses göttlichen Lebens, immer erhabener und unergründlicher die Tiefe des Gefühls und der Gedanken, die ich in Jesu Lehre fand. Wie klar und einfach stellte sich mir alles dar, wenn ich dann von diesem Buche aufstand und das Leben um mich her betrachtete! Es schien so schwer, nicht gut zu sein, und so einfach, alle zu lieben und geliebt zu werden.

Alle waren gut und sanft gegen mich; Sonja sogar, die ich weiterhin unterrichtete, war anders als sonst, sie war eifrig bemüht, mich zu verstehen, suchte mir gefällig zu sein und gab sich Mühe, mich nicht zu ärgern. Wie ich gegen die Menschen war, so waren sie gegen mich.

Als ich mich auf die zu besinnen suchte, die ich gekränkt hatte und die ich vor dem Abendmahl um Verzeihung bitten mußte, fiel mir nur eine Dame in der Nachbarschaft ein, über die ich ein Jahr vorher in Gegenwart anderer gelacht hatte und die seitdem aufgehört hatte, uns zu besuchen. Ich schrieb ihr, bekannte meine Schuld und bat um Verzeihung. Sie antwortete in einem Brief, in dem sie sich selbst anklagte und mir verzieh. Ich weinte vor Freude, als ich diese einfachen Zeilen las, in denen mir damals ein tiefes, rührendes Gefühl zu liegen schien.

Die Kinderfrau weinte, als ich sie um Verzeihung bat.

Warum sind alle Menschen so gut gegen mich? Womit habe ich soviel Liebe verdient? fragte ich mich selbst, und unwillkürlich dachte ich an Sergej Michailowitsch, und meine Gedanken blieben lange mit ihm beschäftigt. Ich konnte nicht anders und hielt es auch nicht für Sünde, aber ich dachte jetzt anders an ihn als in jener Nacht, da ich zuerst erkannte, daß ich ihn liebte. Ich dachte an ihn wie an mich selbst und zog ihn unwillkürlich in jeden Gedanken an meine Zukunft hinein. Der drückende Einfluß, den ich bisher in seiner Gegenwart emp-funden hatte, verschwand völlig in meiner Vorstellung. Ich fühlte mich ihm gleich, und auf der Höhe der heiligen Stimmung, in der ich mich jetzt befand, verstand ich ihn ganz. Alles, was mir früher in seinem Wesen seltsam erschienen war, wurde mir begreiflich. Erst jetzt verstand ich, warum er sagte, das wahre Glück bestehe nur darin, für andere zu leben, und stimmte aus tiefstem Herzen mit ihm überein. Ich war überzeugt, daß wir beide ein ruhiges, unendliches Glück ineinander finden würden. Ich dachte nicht an Reisen ins Ausland, nicht an Gesellschaften, nicht an äußeren Glanz, sondern nur an ein stilles Familienleben auf dem Lande, unablässige Selbstaufopferung, unwandelbare Liebe und dankbares Erkennen der Güte des Geschickes.

*

Wie ich mir vorgenommen hatte, ging ich an meinem Geburtstage zum Abendmahl und war, als ich aus der Kirche kam, von einem so tiefen Glücksgefühl erfüllt, daß ich die Rückkehr ins Leben fürchtete, weil jeder neue Eindruck mein Glück zerstören konnte. Aber kaum waren wir aus dem Wagen gestiegen, als ein bekanntes Kabriolett über die Brücke polterte und ich Sergej Michailowitsch erblickte. Er gratulierte mir, und wir gingen zusam-men in den Saal.
Niemals, seit ich ihn kannte, war ich ihm gegenüber so unbefangen und selbständig gewesen wie an diesem Mor-gen. Ich fühlte, daß eine ganz neue Welt in mir lebte, die er nicht kannte und die über ihm stand. Ich fühlte nicht mehr

44

die geringste Befangenheit in seiner Gegenwart. Er schien zu ahnen, woher das kam, und war besonders sanft und achtungsvoll gegen mich. Ich trat ans Klavier; aber er schloß es zu und steckte den Schlüssel in die Tasche.

„Verderben Sie Ihre Stimmung nicht", sagte er. „Sie tragen jetzt eine Harmonie in der Seele, die besser ist als jede andere in der Welt." Ich war ihm dankbar für diese Worte, und doch fühlte ich ein leises Unbehagen darüber, daß er so leicht und klar durchschaute, was ich — allen verborgen — in der Seele trug. Beim Mittagessen sagte er, daß er gekommen sei, sowohl um mir zu gratulieren als auch um Abschied zu nehmen, denn er würde morgen nach Moskau reisen. Während er das sagte, sah er Katja an, streifte aber flüchtig mein Gesicht, und ich verstand, daß er fürchtete, dem Ausdruck der Betrübnis in meinen Mienen zu begegnen. Ich wunderte mich indessen nicht über seine Mitteilung, erschrak nicht, fragte nicht einmal, auf wie lange er fort wollte, denn ich wußte, daß er dies von selbst sagen — und überhaupt nicht abreisen würde. Woher ich das wußte, kann ich nicht erklären. Aber an diesem denkwürdigen Tag schien mir, als ob ich alles wüßte, das Gegenwärtige und das Zukünftige. Ich befand mich in einer Art von glückseligem Traum, wo alles noch Bevorstehende bereits geschehen zu sein scheint, so daß ich alles wußte, was kommen und auch wie es kommen würde. Er wollte eigentlich gleich nach Tisch wieder wegfahren; aber Katja, die von der Messe ermüdet war, hatte sich etwas niedergelegt, und er mußte auf ihr Erwachen warten, um ihr Lebewohl zu sagen. Da es im Saal sonnig war, gingen wir auf die Terrasse.

Kaum hatten wir uns gesetzt, als ich in größter Ruhe das Gespräch begann, das über das Schicksal meiner Liebe entscheiden sollte. Nicht einen Augenblick früher und nicht einen Augenblick später, als wir uns niedersetzten, begann ich. Noch war kein Wort gesprochen, noch hatte die Unterhaltung keinen Ton oder Charakter, der in das, was ich sagen wollte, hätte hineinspielen können. Ich weiß selbst nicht, woher ich diese Ruhe und die Klarheit und Entschlossenheit meiner Ausdrucksweise nahm. Es war, als ob nicht ich sondern etwas von meinem Willen Unab-hängiges in mir spräche. Er saß mir gegenüber, hatte sich auf das Geländer gestützt und einen Fliederzweig heran-gezogen, von dem er die Blätter abriß. Als ich zu sprechen begann, ließ er den Zweig los und stützte den Kopf in die Hand, eine Haltung, die sowohl große Ruhe wie große Auf-regung andeuten konnte.

„Warum reisen Sie?" fragte ich bedeutungsvoll gedehnt und sah ihm gerade ins Gesicht.

Er antwortete nicht sogleich. „Geschäfte", sagte er dann, schlug dabei aber die Augen nieder. Ich begriff, wie schwer es ihm wurde, auf meine aufrichtige Frage mit einer Lüge zu antworten. „Hören Sie", fuhr ich fort, „Sie wissen, welch ein Tag heute für mich ist. In vieler Hinsicht ist dieser Tag höchst wichtig. Wenn ich Sie frage, so geschieht es nicht, um Neugierde auszudrücken (Sie wissen, daß ich an Sie gewöhnt bin und Sie gern habe). Ich frage, weil ich die Wahrheit wissen muß. — Warum verreisen Sie?" „Es fällt mir sehr schwer, Ihnen die Wahrheit zu sagen", antwortete er. „Ich habe diese Woche viel über Sie und mich nachgedacht und bin zu der Überzeugung gekommen, daß ich fort muß. Warum, verstehen Sie — und wenn Sie mich liebhaben, fragen Sie nicht weiter."

Er rieb sich die Stirn und legte die Hand dann über die Augen. „Es wird mir schwer — und Sie verstehen das", fügte er hinzu. Mein Herz fing heftig an zu klopfen. „Nein, im kann es nicht verstehen", entgegnete ich, „ich kann nicht! Sagen Sie mir — um Gottes willen, um des heutigen Tages willen, sagen Sie es mir. Ich kann alles ruhig hören."

Er veränderte seine Stellung, sah mich einen Augenblick an und faßte wieder nach dem Zweig. „Warum nicht?" sagte er, nachdem er eine Weile geschwiegen hatte, indem er sich vergebens bemühte, seiner Stimme die gewöhnliche Festigkeit zu geben. „Es ist zwar albern und fast unmöglich, dergleichen mit Worten zu erklären, aber wenn es mir auch schwerfällt, im will versuchen, mich Ihnen deutlich zu machen." Bei diesen Worten verzog er das Gesicht, als ob er körperlichen Schmerz empfände.

„Nun?" fragte ich.

„Denken Sie an einen Mann, einen alten, abgenutzten Gesellen, den wir A nennen wollen, und ein junges, glückliches Mädchen, B. mit Namen, daß weder die Menschen noch das Leben kennt. Besondere Familienverhältnisse haben es gefügt, daß er sie liebgewann wie eine Tochter, und es kam ihm nie in den Sinn, daß er sie jemals anders lieben könnte."

Er schwieg, aber ich unterbrach die Pause nicht.

Nach einer Weile fuhr er schnell und entschlossen fort, ohne mich anzusehen: „Nach und nach vergaß er, daß B. so jung und das Leben für sie ein Spiel war. Und plötzlich kam ihm zum Bewußtsein, daß ein anderes Gefühl, schwer wie die Reue, sich in seine Seele schlich — und er erschrak — erschrak, daß ihre früheren freundschaftlichen Beziehungen zerstört werden sollten, und beschloß, sich lieber loszureißen, als diese Beziehungen aufs Spiel zu setzen."

Während er dies sagte, hatte er abermals die Hand über die Augen gelegt; dann schwieg er und schien in Nachdenken zu versinken.

„Aber warum fürchtete er zu lieben?" fragte ich, indem ich meine Aufregung bezwang, in meinem gewöhnlichen Ton; aber ihm mußte er scherzend geklungen haben, denn er antwortete mit dem Ausdruck der Kränkung:

„Sie sind jung — ich bin es nicht mehr. Sie wollen mit dem

Leben spielen — ich brauche etwas anderes. Spielen Sie, aber nicht mit mir. Es würde mir, glaube ich, nicht gut sein, und Sie würden sich später ein Gewissen daraus machen. So hat A. geantwortet", fügte er hinzu. „Das alles ist ja Unsinn! Aber Sie verstehen, warum ich reise, und wir wollen nicht mehr davon sprechen — im bitte Sie!"

„Doch, doch, wir wollen davon sprechen!" antwortete ich, und Tränen zitterten in meiner Stimme. „Hat er sie geliebt oder nicht?"

Er gab keine Antwort.

„Und wenn er sie nicht geliebt hat", fuhr ich fort, „warum hat er mit ihr gespielt wie mit einem Kinde?" „Jaja, A. war der Schuldige!" fiel er mir schnell in die Rede. „Dann aber machte er ein Ende, und sie trennten sich als Freunde."

„Das ist schrecklich! Wäre denn keine andere Lösung möglich?" fragte ich und erschrak vor meinen eigenen Worten.

„Jawohl" antwortete er, indem er die Hand von den Augen nahm und mich gerade ansah. „Es sind zwei verschiedene Lösungen möglich. Aber um Gottes willen, unterbrechen Sie mich nicht und verstehen Sie mich recht: die einen behaupten", fuhr er fort, indem er aufstand und schmerzlich erzwungen lächelte, „die einen behaupten, A. wäre verrückt geworden. Er hatte B. wahnsinnig geliebt und sagte ihr das. Sie aber lachte dazu, denn ihr war das alles Scherz, für ihn aber war es das Wichtigste im Leben."

Ich zuckte zusammen, wollte ihn unterbrechen, ihm sagen, daß er sich nicht erlauben dürfe, für mich zu antworten; aber er hielt mich zurück, indem er seine Hand auf die meinige legte.

„Warten Sie!" fuhr er mit zitternder Stimme fort. „Andere sagen, sie hätte Mitleid mit ihm gehabt, hätte sich eingebildet — die Arme, die Menschen und Leben nicht kannte —, daß sie ihn wirklich lieben könne, und hätte eingewilligt, sein Weib zu werden. Und er, der Wahnsinnige, glaubte — glaubte, daß sein Leben von neuem beginnen könne! Aber nur zu bald sah sie ein, daß sie ihn und er sie getäuscht hatte. Wir wollen nicht mehr darüber sprechen!" schloß er, augenscheinlich außerstande, weiterzureden, und fing schweigend an, hin und her zu gehen.

„Wir wollen nicht mehr darüber sprechen", hatte er gesagt; aber ich sah, daß er mit allen Kräften seiner Seele auf meine Antwort wartete. Ich wollte sprechen, aber ich konnte nicht — die Brust war mir wie zusammengeschnürt. Ich sah ihn an: er war bleich, und seine Unterlippe zitterte. Er tat mir leid. Ich machte eine Anstrengung, zerriß den Bann des Schweigens, der mich umschnürte, und fing mit einer leisen, kaum hörbaren Stimme, die jeden Augenblick zu erlöschen drohte, zu sprechen an.

„Und die dritte Lösung?"sagte ich und stockte wieder.

Aber er schwieg, und ich fuhr fort: „Und die dritte Lösung — daß er sie nicht liebte, aber sie unglücklich machte, unglücklich, und meinte, er habe recht, und davonging und noch stolz darauf war. Ja, Ihnen, nicht mir war alles Scherz, ich habe Sie vom ersten Tage an geliebt! Ich habe Sie geliebt!" wiederholte ich, und bei dem Wort „geliebt" verwandelte sich meine flüsternde, verhaltene Stimme in einen wilden Schrei, der mich selbst erschreckte.

Mit bleichem Gesicht stand er mir gegenüber; seine Lippen zitterten stärker und stärker, und zwei Tränen rollten über seine Wangen.

„Das war schlecht!" schrie ich wieder. Ich fühlte mich von bitteren, nicht geweinten Tränen dem Ersticken nahe.

„Warum?" sagte ich und wollte aufstehen, um fortzugehen. Aber er ließ mich nicht gehen. Sein Kopf lag auf meinen Knien, seine Lippen küßten meine zitternden Hände, und seine Tränen fielen darauf nieder.

„Mein Gott, wenn ich gewußt hätte!" sagte er.

„Warum?" wiederholte ich immer aufs Neue, und in meinem Herzen war Seligkeit, eine Seligkeit, die jetzt längst entschwunden ist und nimmer wiederkehrt.

Fünf Minuten später lief Sonja zu Katja hinauf und schrie durch das ganze Haus:

„Unsere Mascha will Sergej Michailowitsch heiraten!"

V. KAPITEL

Wir hatten weder einen Grund, unsere Hochzeit aufzuschieben, noch den Wunsch, es zu tun. Katja wäre freilich gern nach Moskau gefahren, um Einkäufe und Bestellungen für die Aussteuer zu machen, und seine Mutter hätte gerne gesehen, daß er vor der Heirat eine nette Kutsche und Möbel gekauft und daß das Haus neu tapeziert worden wäre; aber wir beide bestanden darauf, dies alles — wenn es überhaupt notwendig sein sollte — später zu tun, und wollten vierzehn Tage nach meinem Geburtstag in aller Stille heiraten, ohne Aussteuer, ohne Gäste, ohne Brautjungfern, ohne Festmahl, Champagner und alle die übrigen unentbehrlichen Beigaben einer Hochzeit.

Er erzählte mir, wie unzufrieden seine Mutter dar-über wäre, daß die Hochzeit ohne Musik stattfinden sollte und ohne daß die Aussteuer zur Schau gestellt und das Haus neu geputzt wurde, wie es bei ihrer Hochzeit geschehen war, die 30 000 Rubel gekostet hatte. Er beschrieb, wie ernst und geheimnisvoll — damit er es nicht merken sollte — sie Kisten und Kasten bis in den Keller hinunter durchsehe und wie sie sich mit Marjuschka, der Beschließerin, über gewisse, für unser Glück unentbehrliche Teppiche, Gardinen und Teebretter beriet.

In unserem Haus leistete Katja dasselbe mit der Kinderfrau Kusminischna, und sie litt durchaus nicht, daß diese Angelegenheit scherzhaft behandelt wurde. Sie war überzeugt, daß wir beide — wenn wir uns überhaupt um die Zukunft kümmerten — nur an Zärtlichkeiten dächten und Unsinn sprächen, wie das Menschen in unseren Verhältnissen eigen sei; daß aber die Grundlage unseres künftigen Glückes in dem richtigen Zuschnitt und dem Säumen der Tischtücher und Servietten zu suchen sei. Zwischen Pokrowskoje und Nikolskoje wurden täglich mehrmals geheime Botschaften über die Art und den Fortgang verschiedener Vorbereitungen ausgetauscht; aber obwohl zwischen Katja und seiner Mutter das zärtlichste Einvernehmen zu bestehen schien, ließ sich herausfühlen, daß eine gewisse feindselige, aber tief verborgene Diplomatie zwischen ihnen obwaltete.

Tatjana Simonowna, seine Mutter, die ich jetzt näher kennen lernte, war eine strenge, steife Hausfrau und Wirtin nach der alten Schule. Sergej Michailowitsch liebte sie nicht nur pflichtgemäß als Sohn, sondern hatte eine große Zärtlichkeit für sie und hielt sie für die beste, klügste, gütigste liebevollste Frau der Welt. Tatjana Simonowna war immer freundlich gegen uns, besonders gegen mich; es war ihr lieb, daß ihr Sohn heiraten wollte. Aber wenn ich sie als Braut besuchte, hatte ich immer das Gefühl, als wollte sie mir zu verstehen geben, daß ich ihres Sohnes nicht ganz würdig sei und daß im guttun würde, mir dies immer wieder zum Bewußtsein zu bringen. Ich verstand sie vollkommen und war ganz ihrer Meinung. In diesen beiden Wochen zwischen Verlobung und Hochzeit sah im Sergej Michailowitsch täglich. Er kam zum Mittagessen und blieb bis Mitternacht. Aber obwohl er erklärte — und ich wußte, daß er die Wahrheit sagte —, ohne mich wäre überhaupt kein Leben für ihn, brachte er doch nie den ganzen Tag mit mir zu und gab sich Mühe, seine Geschäfte in alter Weise fortzuführen.

Die äußerlichen Beziehungen zwischen uns blieben bis zur Hochzeit dieselben wie früher.

Wir fuhren fort, uns „Sie" zu nennen, er küßte mir nicht einmal die Hand, und statt die Gelegenheit zu suchen, mit mir allein zu sein, ging er ihr soviel wie möglich aus dem Wege. Es war, als ob er sich fürchtete, der allzu großen, gefährlichen Zärtlichkeit, die ihn erfüllte, nachzugeben.

Ich weiß nicht, ob er sich verändert hatte oder ich; aber ich fühlte mich ihm ganz ebenbürtig. Die erzwungene Abgeschlossenheit, die mir an ihm gefiel, war verschwunden, und statt des Furcht und Achtung einflößenden Mannes sah im nun oft mit inniger Freude einen vom Glücke trunkenen Knaben in ihm. Wie oft dachte im jetzt: Er ist doch auch ein Mensch wie andere." Mir war, als ob er klar vor meinen Augen stünde, als ob im ihn ganz erkannt hätte, und alles, was im von ihm sah und hörte, war einfach und mit mir selbst übereinstimmend. Auch seine Pläne in bezug auf unser künftiges Zusammenleben waren ganz meine Pläne, nur deutlicher und schöner in seinen Worten ausgesprochen.

Das Wetter war in diesen Tagen schlecht, und wir brachten den größten — Teil der Zeit im Hause zu. Die besten, innigsten Gespräche hatten wir in der Ecke zwischen Klavier und Fenster. Das Licht der Kerzen spiegelte sich in den dunklen Scheiben, an denen draußen die anschlagenden Tropfen nieder-flossen. Vom Dach rauschte der Regen und klatschte von der Traufe in die Pfützen am Hause, und der feuchte Hauch, der durch die geschlossenen Fenster drang, ließ es in unserer Ecke noch heller, wärmer und heiterer erscheinen.

*

„Im wollte Ihnen schon lange etwas sagen", begann er eines Abends, als wir spät allein in dieser Ecke saßen.

„Während Sie spielten, habe ich immer daran gedacht."

„Sie brauchen es nicht zu sagen — ich weiß es längst", fiel ich ein.

„Ja, es ist wahr! Sprechen wir lieber gar nicht davon."

„Oh, sagen Sie nur, was Sie auf dem Herzen haben!"

„Erinnern Sie sich an die Geschichte, die ich Ihnen von A. und B. erzählt habe?"

„Wie hätte ich diese dumme Geschichte nicht behalten sollen! Gut, daß sie noch so zu Ende kam."

„Ja — und wie leicht hätte ich mein Glück durch eigene Schuld verlieren können! Sie haben mich gerettet. Aber das schlimmste ist, daß im damals gelogen habe, und nun schäme ich mich und will Ihnen gestehen ..."

„Ach, ich bitte, es ist nicht nötig!"

„Fürchten Sie nichts!" sagte er lächelnd. „Ich will mich nur rechtfertigen. Als ich anfing zu sprechen, wollte ich lediglich mir selbst Vernunft predigen."

„Wozu Vernunft predigen?" entgegnete ich. „Das muß man niemals tun."

„Ich tat es auch schlecht genug; und doch hatte im mir — als im nach allen meinen Enttäuschungen und Fehlgriffen hier aufs Land kam — gesagt, daß es mit der Liebe für mich zu Ende wäre und daß mir nur noch die Pflichten des Alters zu erfüllen blieben. Aber mein Gefühl für Sie gab ich mir lange keine Rechenschaft und ahnte nicht, wohin es mich führen würde. Und später hoffte ich und hoffte wieder nicht, bald glaubte ich, daß Sie mit mir kokettierten, und glaubte es wieder nicht und wußte durchaus nicht, was ich tun sollte. Aber nach jenem Abend — erinnern Sie sich? —, als wir spät im Garten spazierengingen, erschrak ich. Mein jetziges Glück stellte sich mir zu groß und unmöglich dar. Und dann fragte ich mich, was werden sollte, wenn ich mir zu hoffen erlaubte und es wäre umsonst. Natürlich dachte ich nur an mich selbst, denn ich bin ein scheußlicher Egoist."

Er schwieg und sah mich an.

„Und doch habe ich damals nicht ganz Unsinn gesprochen", fuhr er fort. „Es war doch möglich — ich mußte doch fürchten! Wieviel nehme ich von Ihnen an, und wie wenig kann ich geben? Sie sind noch ein Kind, eine Knospe, die erst aufspringen wird, Sie lieben zum ersten Male, ich aber ..."

„Ja, sagen Sie mir aufrichtig ...", fing ich an, aber plötzlich wurde mir bange vor seiner Antwort. „Nein, es ist nicht nötig!" fügte ich hinzu.

„Ob ich früher geliebt habe, wollen Sie wissen?" fragte er, meine Gedanken sogleich erratend. „Das kann ich Ihnen sagen: Nein, ich habe nie geliebt, habe niemals etwas empfunden, das meinem jetzigen Gefühl ähnlich wäre ..."

Plötzlich stockte er, als ob eine trübe Erinnerung in seiner Seele aufblitzte. „Nein, auch hier muß ich Ihr Herz besitzen, um das Recht zu haben, Sie zu lieben", sagte er traurig. „Wie hätte ich also nicht bedenklich werden sollen, ehe ich Ihnen gestand, daß ich Sie liebe? Was gebe ich

Ihnen? — Liebe, das ist wahr ... „

„Ist das wenig?" fragte ich, indem ich ihm in die Augen sah. „Wenig, liebes Herz, für Sie wenig!" antwortete er. „Sie sind so jung und schön! Ich kann jetzt oft vor freudiger Erregung nicht schlafen und stelle mir dann vor, wie wir zusammen leben werden. Nach den mancherlei Erfahrungen, die ich gemacht habe, ist mir zumute, als hätte ich jetzt gefunden, was zum Glück nötig ist: ein stilles Leben in unserer Landeinsamkeit mit den Mitteln, den Menschen Gutes zu tun, denen so leicht zu helfen ist und die so wenig daran gewöhnt sind; dazu eine nützliche Tätigkeit, Frieden, Bücher, Musik, Natur und die Liebe zu einem verwandten Wesen — das ist mein Glück, ein höheres habe ich nie ersehnt. Und zu alledem eine Gefährtin wie Sie! Vielleicht Familie! Das ist alles, was der Mensch nur wünschen kann."

„Ja", sagte ich.

„Für mich, der ich die Jugend hinter mir habe", fuhr er fort, „aber nicht für Sie. Sie haben noch nicht gelebt und werden vielleicht in anderen Dingen Glück suchen und vielleicht auch finden. Jetzt sind Sie nur meiner Ansicht, weil Sie mich lieben."

„Nein, ich habe nur immer dieses stille Familien-leben ersehnt und geliebt, und Sie sprechen nur aus, was ich dachte." — Er lächelte.

„Das scheint Ihnen nur so, mein Liebling; für Sie ist das alles zuwenig. Sie sind schön und jung!" wiederholte er nachdenklich.

Es kränkte mich, daß er mir nicht glauben wollte und mir gleichsam aus Schönheit und Jugend einen Vorwurf machte.

„Warum lieben Sie mich denn?" fragte ich zornig.

„Meiner Jugend wegen oder um meiner selbst willen?"

„Das weiß ich nicht, aber ich liebe Sie", antwortete er, in dem er mich mit seinen forschenden, fesselnden Blicken ansah. Ich antwortete nicht, aber unwillkürlich blickte ich zu ihm auf, und plötzlich ging etwas Seltsames in mir vor. Ich hörte auf zu sehen, was mich umgab, und sah nur ihn, und dann ver-schwand auch sein Gesicht; nur seine Augen blitzten mich aus nächster Nähe an, und endlich schien es mir sogar, als ob diese Augen in mir wären, und ich mußte die meinigen schließen, um mich dem Bann, den sein Blick in mir hervorrief und der halb Freude, halb Furcht war, zu entreißen.

*

Am Vorabend des zur Hochzeit bestimmten Tages klärte sich das Wetter auf, und dem langen Regen, der noch in

Sommerwärme begonnen hatte, folgte der erste kalte, glänzende Herbstabend. Alles war klar und frisch. Im Garten wurde zum ersten Male der weite Ausblick durch die kahl gewordenen Bäume und das bunte Farbenspiel des Herbstes bemerklich, der Himmel war klar, hell und bleich.

Ich ging schlafen, glücklich in dem Gedanken, daß morgen an unserem Hochzeitstage schönes Wetter sein würde, erwachte mit der Sonne, und der Gedanke „schon heute!" erschreckte mich und setzte mich in Verwirrung.

Ich ging in den Garten. Die Sonne war eben aufgegangen und leuchtete gebrochen durch die dünn belaubten Linden der Allee. Der Weg war mit raschelndem Laub bedeckt: die runzligen Trauben der Ebereschen röteten sich zwischen den im Nachtfrost zusammengeschrumpften Blättern, die Georgi-nen hingen schlaff und schwarz an ihren Stängeln, und zum ersten Mal lag der Reif wie eine Silberdecke auf dem grünen Rasen und auf den zertretenen Kletten am Hause.

An dem hellen kalten Himmel war keine Wolke und konnte keine sein.

„Wirklich heute schon?" fragte ich mich selbst, indem ich kaum an mein Glück zu glauben ver-mochte. „Ist es möglich, daß ich morgen nicht mehr hier, .sondern in Nikolski, dem fremden Haus mit den Säulen, erwachen soll? Und ich soll ihn nicht mehr erwarten, ihm nicht mehr ent-gegengehen, nicht mehr halbe Nächte lang mit Katja von ihm sprechen? Nicht mehr mit ihm im Saale von Pokrow am Klavier sitzen, ihm nicht mehr das Geleit geben, wenn er fortgeht, mich nicht mehr in dunklen Nächten um ihn ängstigen?"

Ich erinnerte mich, daß er gestern gesagt hatte, er wäre nun zum letzten Male gekommen, und daß Katja mich wiederholt mein Brautkleid anprobieren ließ und dabei sagte: „Auf morgen." Nun glaubte ich für einen Augenblick, aber gleich darauf zweifelte ich schon wieder. Sollte ich wirklich von heute an bei der Schwiegermutter leben, ohne Nadjescha, ohne den alten Grigorij, ohne Katja? Sollte ich nicht mehr nach alter Gewohnheit vor dem Schlafengehen meine alte Kinderfrau küssen und, nachdem sie mich bekreuzt hatte, ihr „gute Nacht, gnädiges Fräulein" hören? Sollte ich Sonja nicht mehr unterrichten und mit ihr spielen; nicht mehr zum Morgengruß an die Wand ihres Schlafzimmers klopfen und ihr silbernes Lachen antworten hören? Sollte von heute an aus mir selbst eine andere werden und ein neues Leben beginnen, das die Verwirklichung meiner Wünsche und Hoffnungen war? Sollte dieses neue Leben ewig dauern?

Mit Ungeduld erwartete ich ihn; es war mir schwer ums Herz, so allein mit meinen Gedanken. Er kam früh, und erst, als er da war, konnte ich's fassen, daß ich noch heute sein Weib sein würde, und erst jetzt hörte dieser Gedanke auf, mir schrecklich zu sein.

Gegen Mittag gingen wir in unsere Kirche, um die Totenmesse für den Vater zu hören.

Wenn er jetzt lebte! dachte ich, als wir nach Haus zurückkehrten, und schweigend stützte ich mich auf den Arm des Mannes, der der beste Freund dessen gewesen war, an den ich dachte. Als ich während des Gebetes meine Stirn auf die kalten Steinplatten der Kapelle neigte, hatte ich mir den Vater so lebhaft vorgestellt, hatte so fest geglaubt, seine Seele wäre bei mir und segnete meine Wahl, daß mir auch jetzt zumute war, als fühlte ich ihn über uns schweben. Erinnerung und Hoffnung, Glück und Schmerz vereinigten sich in mir zu einem feierlichen, wohltuenden Gefühl, zu dem die ruhige, frische Luft, die Stille ringsumher, die kahlen Felder, der blasse Himmel, die glänzende, aber kraftlose Sonne wunderbar paßten, und mir war, als ob der Mann an meiner Seite mich verstünde und meine Empfindungen teilte. Schweigend ging er neben mir, und in seinem Gesicht, das ich dann und wann ansah, drückte sich dieselbe andachtsvolle Erregung aus, die nicht Schmerz, nicht Freude genannt werden konnte und von der die Natur wie mein Herz erfüllt schien.

Plötzlich wandte er sich zu mir. Ich sah, daß er etwas sagen wollte.

Wenn er nur nicht von etwas anderem anfängt, als was ich denke! sagte ich mir. Aber er begann von meinem Vater zu sprechen, sogar ohne ihn zu nennen.

„Er hat mir eines Tages scherzend gesagt: heirate meine Mascha...", fing er lächelnd an.

„Wie glücklich würde er jetzt sein!" sagte ich und drückte den Arm, auf dem der meinige ruhte, fest an mich.

„Ja, Sie waren noch ein Kind", fuhr er fort und sah mir in die Augen.

„Damals küßte ich diese Augen und hatte sie lieb, weil sie den seinigen ähnlich waren, und ahnte nicht, daß sie mir einst für mich selbst so teuer werden sollten. Damals waren Sie für mich die kleine Mascha."

„Sagen Sie du zu mir!" bat ich.

„Das wollte ich eben tun", antwortete er. „Jetzt habe ich endlich die Zuversicht, daß du ganz mein bist", fügte er hinzu, und sein ruhiger, glücklicher, inniger Blick ruhte auf mir.

Wir gingen langsam auf wenig betretenen Pfaden über die Felder, und wir horten nichts als unsere Schritte und unsere Stimmen. Auf der einen Seite zogen sich graubraune Stoppelfelder bis zum Hohlweg und dem fernen, entlaubten Wald; in der Ferne warf ein Bauer mit seinem Pflug einen immer breiter werdenden schwarzen Streifen auf. Eine zerstreute Pferdeherde war am Fuß des Berges zu erken-nen. Auf der anderen Seite und vor uns, bis zum Garten, hinter desen Bäumen unser Haus sichtbar wurde, grünte schon das Winterkorn unter dem abtauenden Nachtreif. Die matte Sonne glänzte; lange Spinnweben zogen durch die klare Luft, legten sich auf die bereiften Stoppeln, flogen uns in die Augen, auf Haar und Kleider, und wenn wir sprachen, blieb der Ton unserer Stimme über uns schwe-ben in der unbewegten Luft, als ob wir allein in der ganzen Welt, allein unter diesem blauen Gewölbe wären, an welchem flammend und zitternd die Wärme lose Sonne strahlte.

Ich wollte ihn ebenfalls du nennen, aber ich schämte mich.

„Warum gehst du so rasch?" fragte ich endlich schnell und leise, indem ich unwillkürlich rot wurde.

Er ging langsamer und sah mich noch zärtlicher, heiterer und glücklicher an.

*

Als wir nach Hause kamen, waren seine Mutter und em paar unvermeidliche Gäste bereits da, und bis wir die Kir-che verließen und uns in den Wagen setzten, um nach Nikolski zu fahren, blieben wir nicht mehr allein.

Die Kirche war beinahe leer. Mit halbem Blick nur sah ich seine Mutter, die auf dem Teppich beim Chor stand; sah Katja in einer Haube mit einem lilafarbenen Band und Trä-nen in den Augen und endlich zwei oder drei Mädchen vom Hofgesinde, die mich neugierig betrachteten.

Ihn sah ich nicht an, ich fühlte ihn jedoch neben mir; ich lauschte auf die Gebete, wiederholte ihre Worte, aber in meiner Seele weckten sie keinen Widerhall. Ich konnte nicht beten, sah stumpf auf die Heiligenbilder, die Kerzen, das gestickte Kreuz der Stola auf dem Rücken des Priesters, auf das Allerheiligste, auf das Kirchenfenster und begriff nichts von dem, was um mich her geschah. Erst als der Priester sich mit dem Kreuz zu uns wandte, uns beglück-wünschte und sagte, er habe mich getauft und nun habe Gott gegeben, daß er mich auch habe trauen dürfen, fühlte ich, daß etwas Ungewöhnliches mit mir vorgegangen war.

Katja und seine Mutter küßten uns, und Grigorijs Stimme rief nach dem Wagen. Ich wunderte mich und erschrak, daß alles schon zu Ende sein sollte, während sich nichts, was einem eben vollzogenen Sakrament entsprochen hätte, in meiner Seele regte. Wir küßten uns — aber es war ein sonderbarer, fremder Kuß. Ist das alles? dachte ich.

Wir traten aus der Vorhalle. Das Rollen der Räder erklang unter der Wölbung der Kirche. Frische Luft hauchte mich an. Er setzte den Hut auf und half mir einsteigen. Durch das Wagen Fenster sah ich den kalten, von einem Hof umgebenen Mond.

Sergej Michailowitsch setzte sich neben mich und schloß die Wagentür zu. Ich fühlte einen Stich im Herzen. Als ob die Sicherheit, mit der er das tat, beleidigend für mich gewesen wäre. Katjas Stimme rief, ich möchte mir den Kopf einhüllen; die Räder rasselten über die Steine, kamen dann auf weichen Weg, und wir fuhren von dannen.

In die Ecke gedrückt, sah ich durchs Fenster auf die weiten, hellen Felder und auf den Weg, der sich im kalten Mondlicht vor uns hinzog. Ohne ihn anzusehen, fühlte ich ihn neben mir. — Was ist das alles? Hat mir der Augenblick, von dem ich soviel erwartete, nichts weiter gegeben? dachte ich, und es schien mir wie erniedrigend, so allein dicht neben ihm zu sitzen. Ich wandte mich zu ihm in der Absicht, ihm etwas zu sagen, aber ich fand keine Worte. Es war, als ob ich nie ein Gefühl der Zärtlichkeit für ihn gehabt hätte, ich empfand nur Mißbehagen und Furcht.

„Bis zu diesem Augenblick habe ich noch immer nicht geglaubt, daß es sein könnte!" antwortete er ruhig auf meinen Blick.

„Ich fürchte mich!" sagte ich.

„Doch nicht vor mir, liebes Herz?" fragte er, faßte meine Hand und beugte sein Gesicht darauf nieder. Meine Hand lag leblos in der seinigen, und das Herz tat mir weh vor

Kälte.

„Ja, vor dir!" flüsterte ich.

Aber plötzlich fing mein Herz an, stärker zu pochen, meine Hand zitterte und drückte seine Hand, ein heißer Schauer durchbebte mich, meine Augen suchten im Halbdunkel seinen Blick, und ich fühlte plötzlich, daß ich ihn nicht fürchtete, daß diese Furcht doch nur Liebe, eine neue, stärkere, zärtlichere Liebe war als die bisherige. Ich empfand, daß ich ihm ganz gehörte und daß seine Macht über mich mein Glück war.

VI. KAPITEL

Tage, Wochen, ein paar Monate gingen in der Einsamkeit des Landlebens scheinbar ereignislos vorüber, und doch hätten die Gefühle, die Aufre-gungen, das Glück dieses kurzen Zeitraumes genügt, ein ganzes Menschenleben auszufüllen.

Meine und seine Träume von unserem Zusammenleben auf dem Lande gingen zwar ganz anders in Erfüllung, als wir erwartet hatten, aber die Wirklichkeit war nicht weniger. schön als unsere Phantasien. Von dem strengen Fleiß, der ernsten Pflichterfüllung, der Selbstaufopferung und dem Leben für andere, wie ich es mir als Braut gedacht hatte, war nicht die Rede. Im Gegenteil, wir lebten nur unserer Liebe, hatten nur den Wunsch, geliebt zu werden, waren von einer grundlosen, stetigen Heiterkeit erfüllt und ver-gaßen die ganze Welt. Er verließ mich wohl zuweilen um in seinem Kabinett zu arbeiten, oder fuhr in Geschaften nach der Stadt oder hatte mit der Verwaltung des Gutes zu tun; aber ich sah, welche Mühe es ihn kostete, sich von mir loszureißen. Und er selbst gestand mir immer wieder, daß ihm alles, was sich nicht auf mich bezog, nichtig erscheine und daß er eigentlich nicht begreife, wie er sich überhaupt damit abzugeben vermöge. Mir ging es ebenso: ich las, beschäftigte mich mit Musik, mit der Mama, mit der Schule, aber das alles nur, weil jede dieser Beschäftigungen mit ihm im Zusammen-hang stand und ihm Freude machte. Bei allem, was sich nicht auf ihn bezog, sanken mir die Hände nieder, und es schien mir lächerlich zu denken, daß außer ihm noch etwas in der Welt bestehe.

Das war vielleicht ein verwerfliches, selbstsüchtiges Gefühl, aber es machte mich glücklich und erhob mich über das gewöhnliche Leben.

Nur er war für mich da, ich hielt ihn für unfehlbar, für den besten Menschen auf Erden, nur für ihn konnte ich leben, und mein einziges Bestreben war, ihm zu genügen.

Ich wußte, daß er wiederum mich für die schönste und beste aller Frauen hielt, mich mit allen möglichen Tugenden begabt dachte, und ich gab mir Mühe, in den Augen des besten und vortrefflichsten Mannes der Welt diese Vorstellung zu bewahren.

Eines Tages kam er zu mir in mein Zimmer, als ich gerade vor den Heiligenbildern kniete. Ich sah mich nach ihm um und fuhr fort zu beten, während er sich an den Tisch setzte, um mich nicht zu stören, und ein Buch aufschlug. Aber ich glaubte seinen Blick zu fühlen und mußte mich wieder nach ihm umsehen. Er lächelte, ich lachte ebenfalls und konnte nicht weiterbeten.

„Hast du deine Andacht schon verrichtet?" fragte ich.

„Ja, laß dich nicht stören — ich gehe wieder."

„Du betest doch hoffentlich auch?"

Er wollte hinausgehen, ohne zu antworten, aber ich hielt ihn zurück.

„Bitte, mein Herz, um meinetwillen lies die Gebete mit mir!"

Er stellte sich neben mich, ließ die Arme ungeschickt hängen, fing mit ernstem Gesicht zu lesen an, stockte hin und wieder, sah sich nach mir um und schien in meinen Augen Zustimmung und Hilfe zu suchen.

Als er zu Ende gekommen war, lachte ich und umarmte ihn.

„O du, du! Als ob ich wieder zehn Jahre alt wäre!" sagte er errötend, beugte sich nieder und küßte meine Hände.

*

Unser Haus war eines jener alten Landhäuser, in denen eine Reihenfolge verwandter Generationen in gegenseitiger Liebe und Achtung gelebt hat. Alles war gleichsam von guten und tüchtigen Familien-erinnerungen erfüllt, die — sobald ich hier aufge-nommen war — auch meine Erinnerungen wurden. Die Einrichtung und Lebensweise des Hauses wurde nach altem Brauch durch Tatjana Simonowna geleitet. Daß alles schön und elegant gewesen wäre, kann ich nicht behaupten, aber von der Bedienung bis zu den Möbeln und den Mahlzeiten war alles reichlich, sauber, gut und anständig. Im Saal standen die Möbel wohl geordnet an den mit Bildnissen geschmückten Wänden, und den Fuß-boden bedeckten Teppiche, die im Haus angefertigt waren. Im Diwanzimmer gab es ein altes Klavier, zwei Schränk-chen, die nicht zueinander paßten, Diwane und einige mit Messing eingelegte Tischchen. In meinem Zimmer, das Tatjana Simonowna mit besonderer Sorgfalt eingerichtet hatte standen die besten Möbel des Hauses, aber sie waren aus verschiedenen Jahrhunderten, von ganz verschiedener Art und ich erinnere mich eines alten Pfeiler-spiegels, den ich anfangs nicht ohne Besorgnis ansehen konnte, der mir aber nach und nach ein vertrauter Freund geworden ist.

Tatjana Simonowna wurde im Haus nie gehört, aber alles ging wie eine aufgezogene Uhr, obwohl eine Anzahl überflüssiger Dienstboten da war. Die Diener mußten stets wie-che Stiefel ohne Absätze tragen, denn knarrendes Schuh-werk und klappernde Absätze waren meiner Schwie-ger-mutter unerträglich. Alle diese Leute waren stolz auf ihre Stellung im Haus, zitterten vor der alten Herrin, behan-delten Sergej und mich mit wohlwollender Zärtlichkeit und schienen ihre Aufgaben mit Freuden zu erfüllen. Pünktlich zum Sonnabend wurden alle Fußböden gescheuert und alle Teppiche ausgeklopft. Jeden Ersten des Monats wurde Gottesdienst gehalten, um das Wasser zu weihen. Die Namenstage meiner Schwiegermutter, meines Mannes und, von diesem Herbst an, auch der meinige wurden — wie die ganze Umgegend wußte — durch Bälle gefeiert. Alles das war unabänderlich so gewesen, solange Tatjana Simonowna denken konnte.

Mein Mann kümmerte sich nicht um das Hauswesen; er hatte nur mit der Feldwirtschaft und den Bauern zu tun und beschäftigte sich viel damit. Er stand auch im Winter sehr früh auf, so daß ich ihn nicht mehr fand, wenn ich er-wachte. Aber zum Frühstück — wir tranken unseren Tee allein — kam er gewöhnlich und war dann fast immer, trotz mancherlei Sorgen und Unannehmlichkeiten in der Wirt-schaft, in jener heiteren Stimmung, die wir „wildes Ent-zücken" zu nennen pflegten. Oft ver-langte ich zu hören, was er den Morgen über getan hatte, und er erzählte mir solchen Unsinn, daß wir uns halb totlachten. Zuweilen, wenn ich ernste Berichte zu hören wünschte, bezwang er seine Lustigkeit und erzählte. Dann sah ich seine Augen an, seine sich bewegenden Lippen und verstand kein Wort. Ich freute mich nur, daß. ich ihn sah und seine Stimme hörte.

„Was habe ich dir erzählt? Wiederhole!" sagte er zuweilen. Aber das konnte ich nie. Es war so komisch, daß er mir et-was erzählte, was weder ihn noch mich betraf. Als ob es nicht gleichgültig gewesen wäre, was sonst geschah! Erst viel später fing ich an, etwas zu begreifen und mich für seine Angelegenheiten zu interessieren.

Tatjana Simonowna blieb den ganzen Vormittag in ihrem Zimmer, trank allein Tee und tauschte nur durch Boten einen Morgengruß mit uns aus. In unserer eigensten, unsinnig glücklichen kleinen Welt klang die Stimme, die aus ihrem ruhigen, vernünftigen, regelrechten Winkel herübertönte, so sonderbar, daß ich oft das Lachen nicht lassen konnte, wenn das Dienstmädchen mit gekreuzten Armen dastand und eintönig bestellte: „Tatjana Simonowna haben zu fragen befohlen, wie Sie nach dem gestrigen Spaziergang geruht, und lassen uns melden, der gnädigen Frau hätte die ganze Nacht das Seitehen wehe getan und im Dorfe hätte ein dummer Hund gebellt, so daß sie nicht schlafen konnten ... Ferner ließen sie noch fragen, wie das heutige Gebäck geschmeckt, und bäten zu beachten, daß heute nicht Tarraß gebacken habe, sondern ver-suchsweise zum ersten Male Nikolasch, und er hätte seine Sache gut gemacht. Die Brezeln besonders fänden die gnädige Frau ausgezeichnet, nur die Zwiebäcke wären etwas zu scharf gebacken.

„Vor Tisch waren wir wenig zusammen. Ich spielte Klavier oder las für mich allein. Er schrieb oder ging aus. Aber zum Mittagessen, um vier Uhr, versammel-ten wir uns im Saal. Mama segelte aus ihren Zimmern hervor, und außerdem erschienen einige arme Edelleute und einige Pilgerinnen, von denen immer zwei bis drei im Hause Unterkommen hatten. Mein Mann bot, nach alter Gewohnheit, regelmäßig seiner Mutter den Arm, aber ebenso regelmäßig bestand sie darauf, daß er mir den andern reiche, und so drängten wir uns mühsam durch die Tür. Beim Essen präsidierte die Mutter, und die Unterhaltung pflegte anständig, vernünftig und etwas steif geführt zu werden. Mein unbefangenes Geplauder mit meinem Mann unterbrach angenehm die Feierlichkeit dieser Sitzungen. Auch zwischen Mutter und

Sohn kam es zuweilen zu scherzhaftem Streit und Neckereien. Ich hatte diese Streitigkeiten und Neckereien sehr gern, denn gerade in diesen kleinen Reibungen drückte sich die innige Liebe, die sie verband, am stärksten aus. Nach dem Essen setzte sich Mama im Salon in einen großen Sessel und rieb Tabak oder schnitt ein neu angekommenes Buch auf, und wir lasen vor oder begaben uns ins Diwanzimmer ans Klavier. Wir haben in dieser Zeit viel zusammen gelesen, aber unser bestes, liebstes Vergnügen blieb die Musik, weil sie immer wieder neue Saiten in uns erklingen ließ und sie uns gegenseitig offenbarte.

Wenn ich seine Lieblingsstücke spielte, setzte er sich auf den entferntesten Diwan, so daß ich ihn kaum sehen konnte, und suchte aus einer gewissen Scheu den Eindruck, den die Musik auf ihn machte, zu verheimlichen. Aber oft, wenn er es gar nicht erwartete, stand ich auf, ging zu ihm und fand in seinen Zügen, in dem gesteigerten, feuchten Glanz der Augen die Spuren einer Erregung, die er umsonst zu verbergen suchte.

Auch Mama schien zuweilen den Wunsch zu haben, uns zu sehen; aber sie fürchtete, uns zu stören, und ging nur, als ob sie uns nicht beachtete, mit erheuchelt ernstem Gesicht und gleichgültigen Mienen durch das Diwanzimmer. Im wußte aber, daß sie in ihren Zimmern nichts zu tun hatte und bald zurückkommen würde. Den Abendtee bereitete im im großen Saal, und alle Hausgenossen stellten sich dazu ein. Diese feierliche Sitzung um den spiegelnden Samowar und das Einschenken der Gläser und Tassen brachte mim lange in Verle-genheit. Es kam mir immer vor, als ob im zu jung und leichtsinnig und der Ehre nicht würdig wäre, einen so großen Samowar zu überwachen, die Gläser dem Nitika auf das Teebrett zu stellen, dabei zu sagen: „Für Peter Iwanowitsch! Für Maria Minitschna!", zu fragen: „Ist er süß genug?" und der Kinderfrau und den aus gedienten

Leuten ihren Zuckeranteil zu schicken.

„Schön, sehr schön! Ganz wie eine Erwachsene!" pflegte mein Mann zu sagen, und das brachte mim noch mehr in Verwirrung. Nach dem Tee legte Mama Patience oder ließ sich von Maria Minitschna die Karten legen, dann küßte sie uns beide, bekreuzte uns, und wir begaben uns in unsere Zimmer. Gewöhnlich saßen wir dann noch bis nach Mitternacht beisammen, und das waren die besten, angenehmsten Stunden. Er erzählte mir von seiner Vergangenheit, wir machten Pläne, philosophierten und bemühten uns, leise zu sprechen, damit man uns oben nicht höre und Tatjana Simonowna nicht auf uns aufmerksam mache, die darauf bestand, daß wir früh zu Bett gehen müßten. Zuweilen wurden wir auch wieder hungrig, gingen ans Büfett, erhielten durch Nitikas Protektion ein kaltes Abend-essen und verzehrten es bei einem Lichte in meinem Zimmer.

Wir lebten wie Fremde in diesem großen alten Haus, in dem ein strenger Geist des Herkommens herrschte und in Tatjana Simonowna verkörpert schien. Nicht sie allein, auch die alten Diener und Mägde, die Möbel und Bilder flößten mir Respekt und sogar Furcht em und brachten mim zu der Erkenntnis, daß im hier nicht an meinem Platze sei und daß wir sehr vorsichtig und aufmerksam sein müßten. Wenn ich jetzt zurückblicke, sehe im ein, daß vieles — diese zwingende, unabänderliche Ordnung, diese Masse nichtstuender, neugieriger Dienstboten im Haus — unbequem und lästig für uns war; aber damals dienten selbst diese Mängel nur dazu, unsere Liebe noch mehr anzufachen, Nicht im allein, auch er unterdrückte jede Andeutung, als ob ihm etwas mißfiele; er schien sogar vor sich selber zu verbergen, was nicht in der Ordnung war.

So ging der Kammerdiener der Mama, Dmitrij Sidoroff, ein leidenschaftlicher Raucher, jeden Nachmittag, wenn wir im Diwanzimmer saßen, in das Kabinett meines Mannes, um ihm etwas Tabak aus dem Kasten zu stehlen. Dann war es interessant zu sehen, mit welcher ängstlichen Beflissenheit Sergej Michailowirsdi auf den Zehenspitzen zu mir kam und mit drohendem Finger und blinzelnden Augen auf Dmitrij Sidoroff deutete, der nicht ahnte, daß man ihn sah — und wie er, wenn Dmitrij Sidoroff sich entfernte, ohne uns bemerkt zu haben, vor Freude, daß alles glücklich zu Ende gekommen war, versicherte, daß im reizend wäre, und mim küßte — wie er bei jeder Gelegenheit zu tun pflegte.

Zuweilen ärgerte mim diese Ruhe, diese Langmut, diese scheinbare Gleichgültigkeit. Im machte mir nicht klar, daß im ebenso war, und hielt ihn für schwach. — Er ist wie ein Kind, das seinen Willen nicht zu zeigen wagt, dachte ich. „Ach, mein Herz", antwortete er, als im ihm eines Tages sagte, daß mich seine Schwäche in Erstaunen setze, kann man denn mit irgendetwas unzufrieden sein, wenn man so glücklich ist wie ich? Es ist auch leichter, selbst nachzugeben, als andere zu beugen, davon habe im mich längst überzeugt, und es gibt keine Lage, in der man nicht glücklich sein kann — und uns geht es ja so gut! Ich kann mich jetzt nicht ärgern, für mich gibt es jetzt nichts Schlechtes mehr, nur Trauriges und Lächerliches — und du weißt ja auch: Le mieux c'est l'ennemi du bien! Wirst du mir glauben? Wenn ich eine Glocke höre, einen Brief bekomme, ja einfach, wenn ich erwache, graut mir, daß das Leben seinen Gang gehen und Änderungen mit sich bringen muß — denn besser als jetzt kann es nimmer werden."

Ich glaubte ihm, aber ich verstand ihn nicht so recht. Auch mir war wohl; es schien mir jedoch, als ob alles so sein müsse und nicht anders sein könnte und daß es allen so erginge, und als ob es irgendwo noch ein anderes — zwar nicht größeres, aber doch anderes Glück geben müsse.

*

Zwei Monate gingen in dieser Weise vorüber, dann kam der Winter mit seiner Kälte und seinen Schneestürmen, und obwohl Sergej bei mir war, fing ich an, mich einsam zu fühlen, fing an zu erkennen, daß unsere Lebensweise immer dieselbe war und daß weder in ihm noch in mir selbst etwas Neues vorging, daß wir im Gegenteil immer wieder zu dem Alten zurückkehrten. Er fing an, sich mehr als bisher mit der Wirtschaft, überhaupt ohne mich, zu beschäftigen, und wieder schien mir, als ob in seiner Seele eine besondere Welt wäre, in die er mich nicht einlassen wollte. Seine immerwährende Ruhe reizte mich. Ich liebte ihn nicht weniger als früher, war nicht weniger beglückt durch seine Liebe, aber meine Liebe stand still, sie wuchs nicht mehr, und neben ihr begann ein neues, unruhiges Gefühl sich in meiner Seele einzunisten. Das Glück, Sergej zu lieben, genügte mir nicht mehr; ich brauchte Bewegung, nicht das ruhige Hinfließen der Tage; ich sehnte mich nach Aufregung, Gefahren, Aufopferung; es war ein überschuß von Kraft in mir, der in unserem stillen Leben keine Verwendung fand. Es kamen Schwermutsanfälle über mich, die ich wie ein Unrecht vor meinem Manne zu verbergen suchte, und dann wieder Anfälle einer tollen Zärtlichkeit oder Heiterkeit, die ihn erschreckten.

Er hatte meinen Zustand noch früher erkannt als ich selbst und schlug mir vor, in die Stadt zu ziehen. Aber ich bat ihn, das nicht zu tun, unsere Lebensweise nicht zu ändern, unser Glück nicht zu stören. Ich war wirklich glücklich; es quälte mich nur, daß dieses Glück mir keine Mühe verursachte, mich kein Opfer kostete, während ein Drang nach Mühen und Opfern mich peinigte. Ich liebte Sergej und sah, daß ich für ihn alles war; aber ich hätte gewünscht, daß alle, die unsere Liebe sahen, sich bemüht hätten, sie zu stören und uns zu trennen, so daß ich Widerstände zu überwinden gehabt hätte. Mein Verstand und mein Herz waren beschäftigt, aber es gab noch ein Gefühl der Jugend, ein Bedürfnis nach Bewegtheit, das in unserem stillen Leben keine Befriedigung fand. Warum sagte er mir, daß wir in die Stadt ziehen könnten, sobald ich wollte? Hätte er das nicht gesagt, so wäre ich vielleicht zu der Einsicht gekommen, daß die Unruhe, die mich quälte, eine gefährliche Torheit, ein Unrecht und daß das Opfer, nach dem ich suchte, in der Unterdrückung meiner unverständ-lichen Sehnsucht zu finden war. Nun aber beschlich mich unwillkürlich der Gedanke, daß ich meine Schwermut nur durch die Übersiedlung in die Stadt loswerden könnte; ich schämte mich jedoch, ihn von allem, was ihm behagte, meinetwegen loszureißen.

Die Zeit verging. Der Schnee häufte sich höher und höher um die Mauern des Hauses, und wir waren immer allein und waren immer dieselben, während draußen, irgendwo, in Glanz und Geräusch sich Scharen von Menschen regten, litten und sich freuten, ohne an uns und an unser ruhig hinfließendes Dasein zu denken. Am schlimmsten war, daß ich fühlte, wie uns mit jedem Tag die Gewohnheit fester in eine bestimmte Lebensform einschmiedete, wie unser Ge-fühl nicht frei wurde, sondern sich dem gleichmäßigen, leidenschaftslosen Gang der Zeit anbequemte. Morgens waren wir heiter, mittags höflich, abends zärtlich. — Gutes tun! sagte ich zu mir selber. Ja, das ist schön! Aber dazu hatten wir noch immer Zeit, während es etwas gab, wozu ich nur jetzt Lust und Kraft besaß. Ich hatte das Bedürfnis nach etwas anderem, ich brauchte Kampf und wünschte, daß unser Leben vom Gefühl bestimmt würde, nicht unser Gefühl vom Leben. Ich hätte mit Sergej an einem Abgrund stehen und zu ihm sagen mögen: „Sieh, noch ein Schritt, und ich stürze hinein, noch eine Bewegung, und ich bin verloren!" — nur damit er erbleichte, mich in seine starken Arme nähme, in den Abgrund hinuntersehen ließe und mich, während mein Herz vor Furcht erstarrte, forttrüge, wohin es ihm gefiel.

Dieser Seelenzustand wirkte nach und nach auf meine Gesundheit; meine Nerven fingen an zu leiden. Eines Morgens, als es mir schlechter ging als gewöhnlich, kam Sergej — was selten der Fall war — verstimmt von seinem Wirtschaftsrund gang zurück. Ich merkte das gleich und fragte, was vorgefallen wäre, aber er wollte es mir nicht sagen und ant-wortete nur: „Es ist nicht der Rede wert."

Wie ich später erfuhr, hatte der Bezirksvogt, der meinem Mann feindlich gesinnt war, unsere Bauern aufgehetzt und sie unter falschen Vorspiegelungen zu Ungesetzlichkeiten zu verleiten gesucht. Sergej konnte das heute nicht gleich überwinden, nicht gleich einsehen, daß auch dies nur lächerlich und traurig war, und da er sich seiner Gereiztheit bewußt war, wollte er nicht davon sprechen.

Ich aber glaubte, daß er nur nichts sagen wollte, weil ich in seinen Augen ein Kind war, das seine Interessen nicht zu verstehen vermöchte. Ich wandte mich ab, schwieg und befahl, Maria Minitschna, die bei uns zum Besuch war, zum Tee zu rufen. Nach dem Frühstück, das ich so rasch wie möglich beendete, führte ich Maria Minitschna ins Diwanzimmer und begann, mit ihr laut und angelegentlich über irgendeine Dummheit zu sprechen, die mir ganz gleichgültig war.

Sergej ging im Zimmer hin und her und sah uns zuweilen an. Diese Blicke wirkten so auf mich ein — warum, weiß ich nicht zu sagen —, daß ich immer lebhafter sprechen und lachen mußte. Alles, was ich selbst sprach und was Maria Minitschna sprach, erschien mir so komisch. Endlich ging Sergej, ohne mir ein Wort gesagt zu haben, in sein Kabinett und machte die Tür hinter sich zu, und sobald ich ihn nicht mehr hörte, war meine Heiterkeit so plötzlich zu Ende, daß es Maria Minitschna auffiel und sie mich fragte, was geschehen wäre. Ich antwortete nicht, setzte mich auf den Diwan und war dem Weinen nahe.

An was denkt er nun? fragte ich mich selbst. An irgendeinen Unsinn, der ihm wichtig scheint. Wenn er nur mit mir davon sprechen wollte, ich würde ihm beweisen, daß es Unsinn ist. Aber stattdessen glaubt er, daß ich ihn nicht verstehen kann, demütigt mich durch seine erhabene Ruhe und will mir gegenüber immer Recht haben. Dafür habe ich aber auch recht, wenn ich mich langweile, wenn ich mein Dasein leer und öde finde, wenn ich leben, mich bewegen möchte, anstarr immer auf einer Stelle stehenzubleiben und zu fühlen, wie die Zeit über mich hingeht. Ich möchte vorwärtskommen, möchte mit jedem Tage, mit jeder Stun-de Neues; er aber will ruhig stehenbleiben und mich zurückhalten. Und doch, wie leicht wäre ihm das! Dazu braucht er mich gar nicht in die Stadt zu bringen — er braucht nur so gegen mich zu sein, wie ich bin, sich nicht zu verstellen und zu verstecken, sondern sich einfach zu zeigen, wie er ist.

Das verlangt er ja auch von mir; warum ist er denn nicht einfach und aufrichtig?

Ich fühlte, daß mir die Tränen ans Herz drangen und daß ich gereizt gegen ihn war. Ich erschrak vor diesem Zustand und ging zu ihm.

Er saß in seinem Kabinett und schrieb. Als er meine Schritte hörte, sah er sich einen Augenblick ruhig um. Dann schrieb er weiter. Dieser Blick gefiel mir nicht. Statt gleich zu sprechen, blieb ich vor dem Schreibtisch stehen, schlug ein Buch auf und sah hinein.

Noch einmal riß er sich von seinem Schreiben los und sah mich an.

„Mascha, du bist verstimmt!" sagte er.

Ich antwortete mit einem kalten Blick, der ihm sagen sollte: „Du brauchst nicht zu fragen — brauchst nicht liebenswürdig gegen mich zu sein!"

Er schüttelte den Kopf und lächelte sanft. Aber zum ersten Male antwortete mein Lächeln nicht auf das seinige.

„Was hattest du heute?" fragte ich. „Warum hast du es mir nicht sagen wollen?"

„Dummheiten, kleine Verdrießlichkeiten!" antwortete er.

„Aber ich kann es dir erzählen. Zwei Bauern sind in der Stadt..."

Ich ließ ihm nicht Zeit, weiterzusprechen.

„Warum hast du das nicht erzählt, als ich dich vor dem Tee darum bat?"

„Ich hätte dir etwas Albernes gesagt; ich war gereizt!"

„Aber ich wollte es gerade vorhin wissen."

„Warum denn?"

„Warum? Du glaubst also, daß ich dir niemals etwas nützen kann?"

„Wie sollte ich das wohl glauben?" fragte er, indem er die Feder wegwarf.

„Ich glaube, daß ich ohne dich nicht leben kann, niemals, nirgends! Du hilfst mir nicht nur, du bist mein Alles! Was fällt dir denn ein?" fuhr er lachend fort.

„Ich lebe nur in dir, finde das Leben nur darum schön und gut, weil ich dich habe, weil du ..."

„Jaja, das weiß ich, ich bin ein gutes Kind, das man zufrieden sprechen muß!" fiel ich in einem so gereizten Ton ein, daß er mich verwundert ansah wie etwas, das man zum erstenmal erblickt. „Ich will keine Ruhe, die hast du genug, übergenug!" fügte ich hinzu.

„Nun, so höre!" unterbrach er mich schnell, als ob er fürchtete, daß ich zuviel sagen könnte. „Wie würdest du die Sache beurteilen?"

„Jetzt will ich nicht!" antwortete ich, obwohl ich dringend wünschte, die Angelegenheit mit ihm zu besprechen. Aber es war so angenehm, ihn aus seiner Ruhe zu bringen.

„Ich will nicht Leben spielen — nein, ich will leben, so wie du", fuhr ich fort. In seinem Gesicht, in dem sich alles rasch und lebhaft abspiegelte, drückten sich Schmerz und gesteigerte Aufmerksamkeit aus. „Ich will mit dir leben, gleichberechtigt mit dir ..."

Ich konnte nicht weitersprechen; ein zu tiefes Weh drückte sich in seinen Zügen aus. Er schwieg eine Weile.

„Inwiefern warst du denn nicht gleichberechtigt mit mir?" fragte er endlich. „Doch nicht etwa, weil ich mich mit dem Bezirksvogt und den betrunkenen Bauern plage, statt deiner?"

„Nicht allein darum", antwortete ich.

„Um Gottes willen, mein Herz, verstehe mich", fuhr er fort. „Ich weiß, daß jede Unruhe Schmerzen macht, weiß das aus Erfahrung, und da ich dich liebe, muß ich doch wünschen, dich vor jeder Unruhe zu bewahren. Darin liegt die Aufgabe meines Lebens: in der Liebe zu dir! Mache es mir nicht unmöglich, sie zu erfüllen!"

„Du hast immer recht!" sagte ich, ohne ihn anzu-sehen. Es verdroß mich, daß in ihm wieder Klarheit und Ruhe waren, während in mir Schmerz und ein der Reue verwandtes Gefühl sich regten.

„Mascha! Was hast du?" fragte er. „Es ist nicht die Rede davon, ob ich im Recht bin oder du, sondern von ganz anderen Dingen. Was hast du gegen mich? übereile dich nicht mit deiner Antwort; besinne dich erst, und dann sage mir alles, was du denkst. Du bist unzufrieden mit mir und hast wahrscheinlich Ursache dazu. Bitte, laß mich hören, was meine Schuld gegen dich ist."

Was sollte ich ihm sagen? Wie konnte ich ihm meine Seele enthüllen? Daß er mich so leicht verstand, daß ich jetzt wieder wie ein Kind vor ihm erschien und nichts tun oder denken konnte, was er nicht durchschaut oder voraus-gesehen hätte, reizte mich noch mehr.

„Ich habe nichts gegen dich", gab ich zur Antwort. „Ich

lang weile mich nur und möchte, daß es anders wäre. Du sagst aber, es muß sein, und hast wieder recht."

Während ich das sagte, sah ich ihn an. Mein Zweck war erreicht: seine Ruhe war dahin, Schmerz und Schrecken sprachen aus seinen Zügen.

„Mascha", fing er mit leiser, tiefbewegter Stimme an, „was wir hier sprechen, ist kein Scherz — es ent-scheidet über unser Schicksal! Ich bitte dich, mir nicht gleich zu antworten und mich anzuhören. Warum willst du mich quälen?" Aber ich unterbrach ihn.

„Ich weiß schon, du wirst wieder recht haben! Sprich lieber nicht, du hast recht!" sagte ich kalt. Und es war, als ob nicht ich selbst, sondern ein böser Geist in mir gesprochen hätte.

„Wenn du wüßtest, was du tust!" antwortete er mit zitternder Stimme.

Ich fing an zu weinen, und mir wurde leichter ums Herz.

Er setzte sich neben mich und schwieg. Ich bedauerte ihn, schämte mich und bereute, was ich getan hatte. Ihn anzusehen, wagte ich nicht, denn ich glaubte, daß seine Augen in diesem Augenblick nur Zorn oder Erstaunen ausdrücken könnten. Endlich wandte ich mich doch zu ihm. Ein sanfter, ruhiger Blick, der um Verzeihung zu bitten schien, war auf mich gerichtet. Ich faßte seine Hand und sagte:

„Verzeih mir! Ich weiß nicht, was ich gesagt habe."

„Ja, aber ich weiß, was du gesagt hast — es ist die Wahrheit."

„Was?" fragte ich.

„Daß wir nach Petersburg reisen müssen", antwortete er. „Wir haben hier jetzt nichts zu tun."

„Wie du willst", sagte ich. Er umarmte mich und küßte mich.

„Verzeihe mir!" sagte er dann. „Ich habe eine Schuld gegen dich begangen."

Am Abend dieses Tages spielte ich lange Klavier, und er

ging leise murmelnd im Zimmer hin und her. Er hatte überhaupt die Gewohnheit, mit sich selbst zu sprechen, und ich fragte ihn oft, was er gesagt hätte. Dann besann er sich und wiederholte es mir. Zuweilen waren es Verse, zuweilen war es Unsinn — aber ein Unsinn, aus dem ich die Stimmung seiner Seele erkannte.

„Was sprachst du eben?" fragte ich nun.

Er blieb stehen, besann sich und wiederholte mir lächelnd die Lermontoffschen Verse:

„Er aber, der Tor, verlangt nach Sturm,
Als ob in dem Sturme der Friede sei ... "

Er ist mehr als ein Mensch! Er weiß alles. Wie war's möglich, ihn nicht zu lieben! dachte ich. Dann stand ich auf, nahm seinen Arm und begann, mit ihm hin und her zu gehen, indem ich Schritt zu halten suchte.

„Ist es so?" fragte er und sah mich lächelnd an.

„Ja!" antwortete ich leise; eine heitere Stimmung kam über uns beide, unsere Augen lachten, wir machten immer größere Schritte und erhoben uns dabei auf den Zehen. Und mit diesem Schritt gingen wir zum Verdrusse Grigorijs und zum Erstaunen der Mama, die im Saale Patience legte, durch alle Zimmer, blieben im Speisezimmer stehen, sahen uns an und lachten. Vierzehn Tage später, noch vor den Feiertagen, waren wir in Petersburg.

VII. KAPITEL

Unsere Reise nach Petersburg, acht Tage in Moskau, seine und meine Verwandten, die Einrichtung in der neuen Wohnung, die fremden Umgebungen und Gesichter — alles ging wie im Traum vorüber. Alles war so neu und mannigfaltig, so heiter und warm, so durchleuchtet von seiner Gegenwart und seiner Liebe, daß mir das stille Landleben als etwas Längstvergangenes, Wesenloses erschien.

Zu meiner Überraschung fand ich, statt der Kälte und des Stolzes, die ich erwartete, bei Verwandten und Bekannten eine so freundliche, herzliche Auf-nahme, daß es aussah, als ob sie auf mich gewartet hätten und meiner bedürften, um sich wohl zu fühlen. überraschend war mir auch, in diesem Ge-sellschaftskreise, den ich für den besten hielt, viele Bekannte meines Mannes zu finden, von denen er mir nie etwas gesagt hatte, und seine strengen Urteile über einige dieser Menschen — die mir so vortreff-lich erschienen — waren mir unverständlich und unangenehm. Ich konnte nicht begreifen, warum er so kalt gegen sie war und einige derselben, die mir sehr gut gefielen, zu vermeiden suchte. Mir schien es ein Gewinn, so viele gute Menschen wie nur möglich kennenzulernen — und hier waren alle gut.

„Höre, wie wir uns einrichten wollen", hatte er mir gesagt, ehe wir unser Landgut verließen. „Hier bin ich ein kleiner Krösus, aber in Petersburg sind wir nichts weniger als reich. Wir dürfen daher nur bis Ostern dort bleiben und nicht in die große Welt gehen, um nicht in Geldverlegenheit zu kommen; auch deinetwegen möchte ich es nicht."

„Wozu die große Welt?" antwortete ich. „Wir werden ins Theater gehen, deine Verwandten besuchen, gute Musik hören und noch vor Ostern zurückkehren."

Als wir aber nach Petersburg kamen, waren diese Vorsätze vergessen. Ich befand mich plötzlich in einer so neuen, heiteren Welt, sah mich von so vielen Freunden, so vielen neuen Interessen umgeben, daß ich mich unbewußt von meiner ganzen Vergangenheit und allen damit zusammen-hängenden Plänen lossagte. — Es war doch nur Scherz, es hat noch gar nicht begonnen; hier erst beginnt das wahre Leben! Und was wird noch kommen! dachte ich. Die Unruhe und Schwermut, die mich auf dem Lande gequält hatten, verschwanden plötzlich, wie auf einen Zauber-schlag. Die Liebe zu Sergej wurde ruhiger, und es fiel mir nicht mehr ein zu fragen, ob er mich vielleicht weniger liebe als sonst. übrigens hätte ich auch nicht an seiner Liebe zweifeln können; er verstand jeden meiner Gedanken, teilte jede meiner Empfindungen, erfüllte jeden meiner Wün-sche. Seine Ruhe verschwand oder reizte mich nicht mehr. Und dann fühlte ich, daß hier zu seiner früheren Liebe für mich noch ein Gefühl der Bewunderung kam. Oft nach einem Besuch, einer neuen Bekanntschaft oder einem Abend bei uns, wo ich innerlich zitternd die Pflichten der Wirtin erfüllt hatte, sagte er zu meiner Freude: „Schön, mein Kind, schön! Nur Mut! Wirklich vortrefflich!" Und ich war sehr erfreut darüber.

Bald nach unserer Ankunft schrieb er einen Brief an seine Mutter, und als er mich rief, um die Nachschrift zu machen, wollte er mir nicht erlauben zu lesen, was er ge-schrieben hatte. Nun bestand ich natürlich darauf und las den Brief. Es hieß darin: „Sie würden Mascha kaum erken-nen, und ich erkenne sie selbst nicht. Woher hat sie diese reizen-de, graziöse Sicherheit, Freundlichkeit, Weltgewandt-heit und Liebenswürdigkeit? Dabei ist sie immer einfach, anmutig, gütig. Alle Welt ist von ihr entzückt; auch ich kann sie nicht genug bewundern, und wenn es möglich wäre, hätte ich sie noch lieber als bisher."

So bin ich also! dachte ich, und ich wurde noch heiterer als früher, und es schien mir sogar, als ob ich ihn noch mehr liebte als sonst. Mein Erfolg bei allen Bekannten war etwas Unerwartetes für mich. Hier sollte ich dem Onkelchen, dort dem Tantchen den Kopf verdreht haben; der eine ver-sicherte, ich hätte in ganz Petersburg nicht meinesgleichen, die andere meinte, ich brauche nur zu wollen, um die gefeiertste Frau der Gesellschaft zu werden. Vor allem ver-liebte sich eine Kusine meines Mannes, die Fürstin D., eine nicht mehr junge Weltdame, plötzlich in mich und sagte mir so viel Schmeicheleien, daß ich förmlich davon berauscht war.

Als sie mich zum erstenmal aufforderte, einen Ball mit ihr zu besuchen, und Sergej darum bat, wandte er sich mit kaum merkbarem Lächeln zu mir und fragte, ob ich Lust dazu hätte.

Ich nickte zum Zeichen der Einwilligung und fühlte, daß ich errötete.

„Wie eine Verbrecherin, die ihr Geständnis ablegt!" sagte er mit gutmütigem Lachen.

„Du meintest ja, wir könnten nicht in die große Welt gehen — und du hast es auch nicht gern", antwortete ich, indem ich ihn flehend ansah.

„Wenn du es sehr wünschest, wollen wir hingehen."

„Aber — es wäre vielleicht besser, es nicht zu tun?"

„Du möchtest gern?" fragte er wieder. Ich antwortete nicht.

„Die große Welt zu besuchen, ist kein Unglück", fuhr er fort, „aber die Weltwünsche, die nicht befriedigt werden, die sind verderblich. Jedenfalls müssen und werden wir hingehen", fügte er hinzu. „Die Wahrheit zu gestehen", sagte ich, „im ganzen Leben habe ich nie etwas so gewünscht, wie diesen Ball zu besuchen."

Wir gingen hin, und das Vergnügen, das ich dort fand, übertraf alle meine Erwartungen. Auf diesem Ball hatte ich noch mehr als sonst das Gefühl, der Mittelpunkt zu sein, um den sich alles bewegte. Nur für mich war dieser große Saal erleuchtet, erklang die Musik und waren alle diese Menschen versammelt, die sich mit mir freuten. Alle — von meinem Friseur und meinem Kammermädchen an bis zu meinen Tänzern und den alten Herren, die durch den Saal gingen — gaben mir zu verstehen, daß ich ihnen gefiel. Das allgemeine Urteil auf dem Ball, daß ich durch die Kusine wieder erfuhr, war, daß ich den anderen Frauen durchaus nicht ähnlich wäre sondern etwas Eigentümliches, Einfaches, ländlich Frisches in meinem Wesen hätte.

Ich fühlte mich durch diesen Erfolg so geschmeichelt, daß ich Sergej offen sagte, wie gern ich in diesem Jahre noch zwei, drei Bälle besuchen möchte.

„Damit soll es dann genug sein, dann bin ich satt!" fügte ich hinzu, sagte damit aber nicht meine aufrichtige Meinung.

Sergej ging bereitwillig auf meine Wünsche ein, be-gleitete mich die erste Zeit mit sichtlichem Vergnügen, freute sich an meinen Erfolgen und schien völlig vergessen zu haben, was er früher gesagt hatte, oder anderen Sinnes geworden zu sein.

Nach und nach fing er jedoch an, sich zu langweilen und die Lebensweise, die wir führten, unbequem zu finden. Ich kümmerte mich nicht darum, und wenn ich zuweilen seinen forschenden, ernsten, fragenden Blick auf mich gerichtet fühlte, wollte ich dessen Bedeutung nicht verstehen. Ich war so trunken von der aufregenden Zuneigung, die mir von allen Seiten entgegenkam, so glückselig in dieser Luft des Schönen, der Freude, der Abwechslung, in der ich hier zum erstenmal atmete, daß sein moralischer Einfluß, der mich bis dahin beherrscht hatte, plötzlich nachließ. In dieser großen Welt fühlte ich mich Sergej nicht nur ebenbürtig, sondern überlegen, aber gerade darum liebte ich ihn noch mehr und noch bewußter als früher.

Alles, was mich umgab, war mir so erfreulich, daß ich nicht begreifen konnte, was er Unangenehmes für mich darin finden konnte. Wenn ich in den Ballsaal trat und aller Augen auf mich gerichtet sah, kam ein mir neues Gefühl des Stolzes und der Selbstzufriedenheit über mich. Er dagegen — als ob er sich schämte, vor der Menge zu zeigen, daß er mich besaß — beeilte sich, mich zu verlassen, und verlor sich in der schwarzen Schar der Fräcke.

Warte nur! dachte ich oft, während ich ihm mit den Augen bis ans Ende des Saales folgte. Warte nur, wenn wir nach Hause kommen, sollst du einsehen, für wen ich mich bemühe, schön und glänzend zu sein, und wen ich unter allen denen liebe, die mich an diesem Abend umringt haben. Ich glaubte aufrichtig, daß mich meine Erfolge nur seinetwegen freuten und daß ich nach ihnen nur strebte, um sie ihm darzubringen. Als eine Gefahr des Weltlebens konnte ich mir die Möglichkeit denken, daß ich mich in einen der mir begegnenden Männer verliebte und mein Mann eifersüchtig würde. Aber er glaubte so fest an mich, schien so ruhig und kaltblütig und alle diese jungen Leute schienen mir so unbedeutend im Vergleich mit ihm, daß auch diese meiner Ansicht nach einzige Gefahr in nichts versank. Ich kann aber nicht leugnen, daß mir die Aufmerksamkeiten, die mir in der Gesellschaft zuteilwurden, Vergnügen gewährten, daß sie meiner Eigenliebe schmeichelten, mich dazu brachten, Sergej Michailowitsch meine Liebe als ein Verdienst an zurechnen, und mich in meinem Benehmen gegen ihn zuversichtlicher und nachlässiger machten. „Oh, ich habe wohl gesehen, daß du sehr lebhaft mit der N. N. gesprochen hast!" sagte ich, als wir eines Morgens vom Ball zurückkamen, indem ich ihm mit dem Finger drohte. Die Dame, die ich genannt hatte, war eine in Petersburg sehr bekannte Frau, mit der er sich wirklich unterhalten hatte. Meine Absicht war, ihn etwas aufzustacheln, denn er war besonders schweigsam und düster.

„Ach, Mascha, was soll das? Wie kannst du so mit mir sprechen?" sagte er durch die Zähne und verzog das Gesicht wie in körperlichem Schmerz. „Das paßt weder für dich noch für mich! Laß das den anderen, dieser falsche Ton kann uns den echten nur verderben; hat es schon getan. Aber ich hoffe noch immer, daß wir den echten wiederfinden."

Ich schämte mich und schwieg.

„Sollen wir nach Hause zurückkehren, Mascha, was meinst du?" fragte er.

„Der echte Ton ist uns nicht verdorben und kann niemals verdorben werden", sagte ich, und damals glaubte ich das wirklich.

„Das gebe Gott!" antwortete er.

„Sonst — sonst wär's die höchste Zeit, aufs Land zu gehen." Er sagte dies nur das eine Mal; die übrige Zeit erschien er mir ebenso gut gestimmt wie ich selbst, und ich war heiter und sorglos.

„Wenn es ihm jetzt auch etwas langweilig wird", tröstete ich mich selbst, „so habe ich mich ja auch um seinetwillen auf dem Lande gelangweilt, und wenn sich unsere Beziehungen etwas geändert haben, so kommt doch alles wieder ins alte Geleise, wenn wir diesen Sommer bei Tatjana Simonowna in unserem Heim in Nikolski sind."

*

Überraschend schnell ging der Winter für mich vorüber, und gegen unsere Absicht brachten wir auch noch das Osterfest in Petersburg zu. In der Woche nach dem Fest, als wir zur Abreise fertig waren, gepackt hatten und mein Mann, nachdem er Geschenke, Kleider, Blumen für unsere Hausgenossen eingekauft hatte, in besonders sanfter und heiterer Stimmung war, erschien plötzlich die Kusine und bat uns dringend, bis Sonnabend zu bleiben und noch den Empfang der Gräfin R. zu besuchen.

Die Gräfin, sagte sie, lasse mich sehr darum bitten, denn Prinz M., der damals in Petersburg war und mich auf dem letzten Ball kennen gelernt hatte, wolle nur meinetwegen den Empfang besuchen und habe gesagt, ich sei die schönste Frau in Rußland. Ganz Petersburg würde dort bei der Gräfin sein — kurzum, es hätte weder Sinn noch Verstand, wenn ich nicht hinkäme.

Sergej befand sich am anderen Ende des Saales, wo er mit jemandem sprach.

„Nun, Marie? Kommen Sie?" fragte die Kusine.

„Wir wollten übermorgen heimreisen", antwortete ich unentschlossen, indem ich meinen Mann ansah. Unsere Augen begegneten sich, und er drehte sich rasch zur Seite.

„Ich werde ihn bereden, noch zu bleiben", sagte die Kusine, „und Sonnabend kommen Sie, um allen die Köpfe zu verdrehen, ja?"

„Das würde unsere Pläne zerstören, und wir haben alles eingepackt", antwortete ich, schon sehr geneigt nachzugeben.

„Könnte sie denn nicht schon heute Abend den Prinzen sehen?" rief Sergej vom anderen Ende des Saales mit einer Aufregung, die ich früher nie an ihm bemerkt hatte und die er nur mühsam unterdrückte.

„Ach, er ist eifersüchtig! Das sehe ich ja zum erstenmal!" rief die Kusine lachend aus. „Es handelt sich übrigens nicht um den Prinzen, Sergej Michai-lowirsch, um unser aller willen rede ich ihr zu, und die Gräfin R. wünscht so sehr, daß sie kommt."

„Es hängt von ihr ab", gab er kalt zur Antwort und ging hinaus. Ich sah, daß er ungewöhnlich aufgeregt war. Das beunruhigte mich, und ich gab der Kusine kein Versprechen.

Sobald sie fort war, begab ich mich zu meinem Manne. Er ging mit nachdenklicher Miene hin und her und sah nicht und hörte nicht, als ich auf den Zehenspitzen ins Zimmer trat. — Er denkt an sein liebes Nikolski, sagte ich zu mir selbst, während ich ihn ansah, und an den Morgentee im hellen Saale, an seine Felder, seine Bauern, an die Abendstunden im Diwanzimmer und unsere geheimen Soupers. Nein nein, alle Bälle der Welt und die Schmeicheleien aller

Prinzen der Erde gebe ich für seine freudige Ver-wirrung und seine stille Zärtlichkeit.

Ich war im Begriff, ihm zu sagen, daß ich den Empfang nicht besuchen würde, da ich keine Lust dazu hätte, als er plötzlich aufsah und bei meinem Anblick die Stirn runzelte. Der sanfte, nachdenkliche Gesichtsausdruck war verschwunden, und in seinem Blick lag wieder etwas Forschendes, Überlegenes, Gönnerhaftes. Er wollte also nicht, daß ich ihn als einfachen Menschen ansähe, wollte immer als Halb-gott auf einem Piedestal vor mir stehen!

„Was willst du, meine Liebe?" fragte er, indem er sich gleichgültig und nachlässig zu mir umdrehte. Ich antwortete nicht. Mich ärgerte, daß er sich verstellte, sich nicht so zeigen wollte, wie ich ihn liebte.

„Du willst Sonnabend zu dem Empfang gehen?" fragte er.

„Ich möchte wohl", antwortete ich, „aber es ist dir nicht angenehm. Es ist ja auch alles eingepackt", fügte ich hinzu.

Noch nie hatte er mich so kalt angesehen, so kalt mit mir gesprochen.

„Ich reise nicht vor Dienstag und werde befehlen, wieder auszupacken", sagte er. „Du kannst also hingehen, wenn du Lust hast. Sei so gut und gehe hin. Ich reise nicht."

Wie immer, wenn er aufgeregt war, fing er an, mit ungleichen Schritten im Zimmer umherzugehen, und sah mich nicht an.

„Ich verstehe dich wirklich nicht!" sagte ich, indem ich stehenblieb und ihm mit den Augen folgte. „Du behauptest, immer friedfertig zu sein (er hatte das nie behauptet), warum sprichst du denn so sonderbar mit mir? Ich bin bereit, dir mein Vergnügen zu opfern, und du verlangst mit einer Ironie, die ich noch nie bei dir bemerkt habe, daß ich hingehen soll."

„Nun gut! Du bringst mir ein Opfer (er betonte das letzte Wort) und ich dir. Was willst du mehr? Ein Wettstreit der

Großmut! Gibt es ein größeres Eheglück?"

Es war das erste Mal, daß ich solche lieblosen, spötti-schen Worte von ihm hörte; aber sein Spott beschämte mich nicht, er reizte mich nur, und seine Härte erschreckte mich nicht, sondern ging auf mich über. Sagt er das, der sich immer vor einer Phrase zwischen uns scheute, der immer aufrichtig und einfach sein wollte? Und warum? Weil ich ihm ein Vergnügen opfern wollte, das mir nicht als etwas Unrechtes erschien, und weil ich ihm das offen und liebevoll sagte? Wir hatten unsere Rollen verrausehn er vermied ein offenes Aussprechen, und ich suchte es.

„Du hast dich sehr verändert", sagte ich mit einem Seufzer. „Was ist es denn, daß du mir zum Vorwurf machst? Der Empfang ist es nicht, du hast etwas anderes, Älteres gegen mich auf dem Herzen. Warum dieser Mangel an Aufrichtigkeit, der dir früher so verderblich schien? Sage doch geradeheraus, was du gegen mich hast!"

Was wird er antworten? dachte ich und erinnerte mich voll Selbstzufriedenheit, daß er mir im Laufe des ganzen Winters nicht die geringste Schuld nachweisen konnte.

Während ich mit ihm sprach, trat ich in die Mitte des Zimmers, so daß er dicht an mir vorbeigehen mußte, und sah ihn an. — Er wird kommen, wird mich umarmen, und dann ist alles gut, dachte ich und bedauerte schon, daß ich keine Gelegenheit haben würde, ihm zu beweisen, wie unrecht er mir tat. Aber er blieb am Ende des Zimmers stehen und sah mich an.

„Du begreifst noch immer nicht?" sagte er.

„Nein!"

„Nun, so laß dir sagen, daß mir, was ich fühle, ekelhaft ist — zum erstenmal im Leben ekelhaft, und doch bin ich nicht imstande, dieses Gefühl zu unterdrücken."

Er blieb wieder stehen, sichdich selbst betroffen von dem rauhen Ton seiner Stimme.

„Was willst du damit sagen?" fragte ich mit Tränen des Unwillens.

„Es ist mir ekelhaft, daß der Prinz dich hübsch gefunden hat und daß du ihm darum nachläufst — und darüber deinen Mann und dich selbst und die Würde der Frau vergißt und nicht begreifen willst, was dein Mann deinetwegen empfinden muß, wenn in dir selbst kein Gefühl der eigenen Würde lebt. Im Gegenteil, du erlaubst dir, deinem Manne zu sagen, daß du bereit bist, ihm ein Opfer zu bringen, was doch nichts anderes heißt als: es wäre zwar ein großes Glück für mich, wenn ich mich Sr. Kaiserlichen Hoheit zeigen könnte. Aber ich will dir dieses Glück zum Opfer bringen."

Er wurde immer heftiger, je länger er sprach. Die eigene Stimme, die böse, hart und rauh klang, schien ihn aufzuregen. Nie hatte ich ihn so gesehen und hätte nie erwartet, daß er so sein könnte. Sein Gesicht glühte. Das Blut drang mir zum Herzen, ich fürchtete mich vor ihm; aber das Gefühl unverdienter Schmach und beleidigter Eigenliebe stachelte mich an, und ich wollte mich rächen.

„Ich habe das längst erwartet!" sagte ich. „Sprich nur — sprich ..."

„Was du erwartet hast, weiß ich nicht", fuhr er fort, „ich aber mußte das Schlimmste erwarten, seit ich dich Tag für Tag in diesem Schmutz, dieser Leere, diesem Luxus, dieser albernen Gesellschaft sehe. Und ich habe es erwartet — habe erwartet, daß ich mich zu schämen haben würde, wie es heute der Fall ist, und in tiefster Seele verletzt würde. ja, es ist mir weh zumute, sehr wehe! Deine Freundin erlaubt sich, mir mit ihren schmutzigen Händen ans Herz zu greifen und von Eifersucht zu sprechen — von meiner Eifersucht — und auf wen? Auf einen Menschen, den ich so wenig kenne wie du. Aber du willst mich absichtlich nicht verstehen, willst mir ein Opfer bringen! Ich schäme mich deinetwegen, deiner Erniedrigung schäme ich mich — ein

Opfer", wiederholte er.

Das also ist die Überlegenheit des Mannes! dachte ich: die Frau, die nichts getan hat, beleidigen und demütigen, dazu also hat er das Recht! Aber ich will mich nicht beugen.

„Nein, ich bringe dir kein Opfer!" sagte ich und fühlte, wie sich meine Nasenflügel dehnten und mir das Blut aus dem Gesicht wich. „Ich werde Sonnabend den Empfang besuchen, werde unter allen Umständen hingehen!"

„Ich wünsche dir viel Vergnügen!" schrie er zornig. „Zwischen uns aber ist alles zu Ende — du sollst mich nicht länger quälen. Ich war ein Tor, daß ich..." Seine Lippen zitterten, und mit absichtlicher Anstrengung zwang er sich, nicht auszusprechen, was er hatte sagen wollen.

Ich fürchtete und haßte ihn in diesem Augenblick. Wie gern hätte ich ihm noch mancherlei gesagt, mich für seine Beleidigungen gerächt; aber wenn ich jetzt zu sprechen versuchte, mußte ich fürchten, in Tränen auszubrechen, und das wäre mir ihm gegenüber wie eine Demütigung erschienen.

Schweigend verließ ich das Zimmer. Kaum aber hörte ich seine Schritte nicht mehr, als ich vor dem, was geschehen war, erschauderte. Mich beschlich die Furcht, daß wirklich das mich beglückende Band auf ewig zerrissen sein könnte. Einen Augenblick war ich im Begriff, zu ihm zurück-zukehren. Aber dann fragte ich mich: Ob er sich wohl genug beruhigt hat, um mich zu verstehen, wenn ich ihm schweigend die Hand reiche und ihn ansehe? Wird er meine Großmut erkennen? Was aber, wenn er meine Traurigkeit für Verstellung hält oder meine Reue, im Bewußtsein seines Rechts, mit stolzer Ruhe hinnimmt und mir gnädig verzeiht? Und warum, warum? Wie ist's möglich, daß er, den ich so sehr geliebt habe, mich so grausam beleidigt?

Ich ging nicht zu ihm, sondern in mein Zimmer, wo ich lange einsam sitzen blieb, weinte und mich mit Grauen an jedes Wort des eben stattgefundenen Ge-sprächs erinnerte und die bösen Ausdrücke unwillkürlich mit anderen sanften freundlichen vertauschte, bis mir plötzlich wieder einfiel, wie schwer er mich gekränkt hatte und wie es zwischen uns stand.

*

Als ich mich abends an den Teetisch begab, wo S. mit meinem Manne erschien, fühlte ich, daß sich eine Kluft zwischen uns aufgetan hatte. S. fragte mich, wann wir zu reisen gedächten; ich hatte jedoch nicht Zeit zu antworten, so schnell fiel Sergej Michailowitsch ein.

„Dienstag", sagte er, „wir gehen noch zum Empfang der Gräfin R. Du gehst doch?" wandte er sich zu mir.

Ich erschrak vor dem gleichgültigen Ton seiner Stimme und sah schüchtern zu ihm auf. Seine Augen waren fest auf mich gerichtet, böse und spöttisch. Er sprach ausdruckslos und kalt.

„Ja", antwortete ich. Abends, als wir allein waren, trat er zu mir und bot mir die Hand.

„Bitte, vergiß, was ich dir gesagt habe", fing er an. Ich nahm seine Hand; ein zitterndes Lächeln zuckte über mein Gesicht, und die Tränen wollten mir aus den Augen fließen; aber er zog die Hand wieder weg und setzte sich, als ob er eine empfindsame Szene fürchtete, ziemlich entfernt von mir in einen Lehnstuhl.

Ist's möglich, daß er sich noch immer im Recht glaubt? dachte ich, und meine beabsichtigte Erklärung, daß ich nicht auf den Empfang gehen wolle, blieb unaus-gesprochen.

„Es muß der Mutter geschrieben werden, daß wir unsere Abreise verschoben haben", sagte er, „sie ängstigt sich sonst."

„Und wann gedenkst du abzureisen?" fragte ich.

„Am Dienstag nach dem Empfang", antwortete er.

„Ich hoffe, daß das nicht um meinetwillen geschieht", sagte ich, indem ich ihm ins Gesicht sah. Aber er starrte mich mit verschleierten Augen an, die mir nichts sagten, und er schien mir plötzlich alt und unangenehm.

*

Wir fuhren zu dem Empfang. Unsere Beziehungen schienen wieder gut und freundlich zu sein, aber sie waren ganz anders als früher.

Auf dem Empfang saß ich zwischen den übrigen Damen, als der Prinz sich mir näherte, so daß ich gezwungen war, aufzustehen, um mit ihm zu sprechen. Während ich mich erhob, sah ich mich unwillkürlich nach Sergej Michailowitsch um und bemerkte, daß er mich am anderen Ende des Saales beobachtete und sich abwandte. Ich schämte mich plötzlich, und es war mir unangenehm, daß ich in Verwirrung kam und unter den Blicken des Prinzen errötete; aber ich mußte stehen bleiben und anhören, was er mir sagte, während er mich von oben herunter betrachtete.

Unsere Unterhaltung dauerte nicht lange. Er hatte keinen Platz, sich neben mich zu setzen, und fühlte wahrscheinlich, daß mir unbehaglich zumute war. Das Gespräch drehte sich um den letzten Ball. Dann fragte er, wo ich den Sommer verleben würde usw. Als er sich von mir entfernte, sprach er den Wunsch aus, meinen Mann kennen zulernen, und ich sah, daß sie am anderen Ende des Saales zusammentrafen und miteinander sprachen. Der Prinz schien etwas über mich zu sagen, denn mitten im Gespräch sah er sich nach der Seite um, wo ich saß. Sergej wurde plötzlich dunkelrot, grüßte tief und verließ den Prinzen.

Was mußte der Prinz von mir und besonders von meinem Manne denken? Ich errötete ebenfalls, schämte mich und war überzeugt, daß alle Anwe-senden sowohl mein Unbehagen dem Prinzen gegenüber als auch das sonderbare

Benehmen meines Mannes bemerkt hatten. Gott weiß, was sie darüber dachten; vielleicht ahnten sie sogar etwas von unseren Zwistigkeiten.

Die Kusine brachte mich in ihrem Wagen nach Hause. Unterwegs sprachen wir von meinem Manne; ich hielt es nicht aus und erzählte ihr, was wegen dieses unglücklichen Empfangs zwischen uns vor-gefallen war. Sie suchte mich zu beruhigen, sagte, das wäre eine unbedeutende Zwistigkeit, wie sie in jeder Ehe vorkäme, und würde keine Spuren hinterlassen. Dann erklärte sie mir von ihrem Standpunkt aus den Charakter meines Mannes und fand, daß er verschlossen und stolz geworden sei. Ich stimmte ihr zu, und es kam mir vor, als ob ich anfinge, ihn besser zu verstehen und ruhiger zu beurteilen. Nachher aber, als ich wieder mit ihm allein war, lag mir dieses Urteilen über ihn wie ein Verbrechen auf dem Gewissen, und ich fühlte, daß die Kluft, die uns trennte, noch größer geworden war.

VIII. KAPITEL

Seit diesem Tage ging in unserem Leben und unseren Beziehungen eine vollständige Wandlung vor. Es war uns nicht mehr so angenehm wie sonst, allein zu sein. Es gab Fragen, die wir umgingen, und wir konnten oft besser miteinander verkehren, wenn ein Dritter zugegen war, als unter vier Augen. Sobald die Rede auf das Landleben kam oder auf den Ball, war es uns unbehaglich, uns anzusehen, als ob wir beide fühlten, wo die Kluft lag, die uns trennte, und fürchteten, uns ihr zu nähern. Ich hatte die Über-zeugung gewonnen, daß er stolz und heftig sei und daß man vorsichtig mit ihm umgehen müsse, um seine schwache Seite nicht anzutasten. Er glaubte, daß ich es ohne Gesellschaften nicht aushalten könne, daß das Landleben nicht nach meinem Geschmack sei und daß er sich meiner unglückseligen Neigung fügen müsse. Wir vermieden beide sorgfältig, über diese Gegenstände zu sprechen, und beide beurteilten wir uns falsch. Längst schon hatten wir aufgehört, füreinander die vollkommensten Menschen der Welt zu sein: wir stellten Vergleiche mit anderen an, und im stillen verurteilten wir uns gegenseitig.

Kurz vor dem zur Abreise bestimmten Tag wurde ich krank, und statt auf unser Gut zu gehen, zogen wir in ein Landhaus bei Petersburg, von wo aus Sergej allein nach Nikolski zu seiner Mutter fuhr. Als er abreiste, war ich so weit hergestellt, daß ich sehr gut hätte mitreisen können. Aber er überredete mich zu bleiben, unter dem Vorwand, daß er für meine Gesundheit fürchte. Ich fühlte jedoch, daß dies nicht sein eigentlicher Grund war, sondern daß er sich scheute, mit mir allein auf dem Lande zu sein. Ich bestand auch nicht auf meinem Vorschlag, sondern blieb zurück.

Meine Tage erschienen mir leer und einsam ohne ihn. Als er aber zurückkam, fühlte ich, daß er mir nicht mehr gab, was er früher in mein Leben hineingetragen hatte. Das frühere Verhältnis zwi-schen uns — als es mir wie ein Verbrechen erschien, ihm nur einen meiner Gedanken, einen meiner Eindrücke vorzuenthalten, als jedes seiner Worte, jede seiner Handlungen mir ein Muster der Vollkommenheit zu sein schien und wir vor Freude lachten, wenn wir uns ansahen — diese Zustände gingen so unbemerkt in andere über, daß wir nicht wußten, wann und wie sie verschwanden. Jeder von uns hatte jetzt seine besonderen Interessen und Sorgen, die wir nicht miteinander zu teilen versuchten. Es schmerzte uns nicht mehr, daß jedes von uns seine eigene, dem andern fremde Welt hatte. Wir gewöhnten uns daran, und nach einem Jahr hörten die Augen auf, sich zu erhellen, wenn wir uns ansahen. Seine Anfälle von kindischer Heiterkeit ver-schwanden und ebenso die Duldsamkeit und Gleich-gültigkeit, die mich früher an ihm geärgert hatten. Seine Augen hatten nicht mehr jenen tiefeindrin-genden Blick, der mich früher zugleich in Verwirrung gebracht und erfreut hatte. Die gemeinschaftlichen Gebete und Kunstgenüsse hatten aufgehört. Wir sahen uns sogar nur noch selten, denn er war fast immer auf Reisen und fürchtete nicht und bedauerte nicht, mich allein zu lassen. Im war ja immer in der Gesellschaft, wo ich ihn nicht brauchte.

Szenen und Zwistigkeiten kamen zwischen uns nicht mehr vor. Im suchte, seinen Wünsmen entgegenzu-kommen, wenn er da war, und er erfüllte alle meine Wünsche, als ob wir uns liebten.

Wenn wir einmal allein blieben, was selten vorkam, fühlte ich ihm gegenüber weder Freude noch Aufregung noch Verwirrung, ebenso wenig, als ob ich mit mir allein gewesen wäre. Er war mein Mann, keine neue interessante Erscheinung, aber ein guter Mensch, mein Mann, den ich kannte wie mim selbst. Ich war überzeugt, immer vorher zu wissen was er tun und wie er urteilen würde, und wenn das anders war, als im erwartete, hatte ich das Gefühl, als ob er hier im Unrecht wäre. Ich hoffte nichts von ihm, wünschte nichts, mit einem Wort: er war mein Mann, weiter nichts. Es schien mir, als ob es so sein müsse, als ob es keine andere Art von Ehe geben könne und als ob auch in der unsrigen niemals andere Beziehungen bestanden hätten.

Wenn er verreiste, hatte ich zwar, die erste Zeit besonders, ein Gefühl der Einsamkeit und Beängstigung und erkannte, welche Stütze er mir war. Kam er zurück, so fiel ich ihm voller Freude um den Hals; aber schon nach ein paar Stunden hatte im diese Freude vergessen und wußte nichts mehr mit ihm zu sprechen. Nur in den Augenblicken stiller, gemäßigter Zärtlichkeit, die dann und wann eintraten, schien mir, als ob etwas nicht so wäre wie sonst. Es tat mir etwas im Herzen wehe, und in seinen Augen glaubte ich dasselbe zu lesen. Ich fühlte eine Grenze der Zärtlichkeit, die er nicht überschreiten wollte und ich nicht überschreiten konnte. Zuweilen machte mich dies traurig; aber ich hatte nicht Zeit, mich zu grämen, und suchte die Wehmut, das unklare Gefühl eines Verlustes in den Vergnügungen, die für mich erreichbar waren, zu betäuben.

Das Gesellschaflsleben, das mim anfangs mit seinem Glanz und seiner Schmeichelei berauschte, be-herrschte bald alle meine Neigungen, wurde mir zur Gewohnheit, legte mir seine Fesseln an und nahm in meiner Seele die Stelle des Gefühlslebens ein. Mit mir allein sein mochte ich nidrt, denn im fürchtete mim in die Betrachtung meiner Lage zu versenken. Alle meine Stunden, vom frühen Morgen bis in die späte Nacht, waren besetzt und gehörten nicht mir, auch wenn ich nicht ausging. Dieses Hinleben war mir weder unterhaltend noch langweilig. Ich glaubte einfach, daß es so und nicht anders sein müsse.

*

In dieser Weise vergingen drei Jahre, in deren Verlauf unser Verhältnis sich so gleich blieb, als ob es stille stände, einfröre und weder besser noch schlechter würde. In unserem Familienleben traten während dieser Zeit zwei wichtige Ereignisse ein, die meine Lebensweise aber nicht veränderten: die Geburt meines ersten Kindes und der Tod meiner Schwiegermutter.

In der ersten Zeit umfing mim das Muttergefühl mit solcher Kraft und rief ein so unverhofftes Entzücken in mir hervor, daß ich glaubte, es müsse ein neues Leben für mich beginnen.

Aber nach zwei Monaten, als im wieder anfing auszugehen,

wurde dies Gefühl schwächer und schwächer und ging bald in Gewohnheit und kalte Pflichterfüllung über. Sergej dagegen war seit der Geburt unseres ersten Sohnes wieder der ruhige, sanfte, häusliche Mann von früher geworden, der seine Zärtlichkeit und Heiterkeit dem Kinde wid-mete. Oft, wenn ich im Ballkleid in die Kinder-stube trat, um dem Kleinen gute Nacht zu sagen und ihn zu bekreuzen, fand ich Sergej dort. Dann bemerkte ich wohl etwas Strenges, Vorwurfsvolles in seinen auf mich gerichteten Blicken und schämte mich. Mir graute plötzlich vor meiner Gleichgül-tigkeit gegen das Kind, und ich fragte mich: Bin ich denn schlechter als andere Frauen? Aber was konnte ich tun? Ich liebte meinen Sohn. Ganze Tage bei ihm zu sitzen, war mir jedoch unmöglich — es langweilte mich, und verstellen wollte ich mich nicht. Der Tod der Mutter war ein großer Schmerz für Sergej Michailowitsch. Es fiel ihm schwer, wie er sagte, ohne sie in Nikolski zu leben. Ich dagegen, obwohl ich sie betrauerte und den Kummer meines Mannes mit-fühlte, fand es jetzt auf unserem Gute behaglicher und angenehmer als früher. Wir hatten die drei Jahre größten-teils in der Stadt verlebt. Nur einmal war im zwei Monate in Nikolski gewesen.

*

Im dritten Jahr gingen wir ins Ausland. Wir brachten den Sommer in Baden-Baden zu.
Ich war damals einundzwanzig Jahre alt. Unser Vermögen hielt im für glänzend; vom Eheleben verlangte ich nicht mehr, als es mir gab. Alle, die ich kannte, schienen mich liebzuhaben; meine Gesundheit war vortrefflich. Meine Toilette gehörte zu den besten des Badeortes. Ich wußte, daß im schön war. Das Wetter war herrlich, Im fühlte mim vom Glanz der Schönheit und Eleganz umgeben und war sehr heiter.

Es war nicht die Fröhlichkeit, wie sie mim in Nikolski erfüllte, wenn ich fühlte, daß im in mir selbst glücklich war, weil im verdient hatte, es zu sein, und weil im wußte, daß mein Glück — so groß es war — noch größer werden sollte. Ja, damals war es anders! Aber auch in diesem Sommer war mir wohl. Im wollte nichts, hoffte nichts, fürchtete nichts. Mein Leben schien mir ausgefüllt, und mein Gewissen war ruhig.

Unter den jungen Männern dieser Saison gab es auch nicht einen, den ich in irgendeiner Weise aus-gezeichnet hätte. Auch nicht einmal der alte Fürst K., unser Gesandter, der mir den Hof machte, fesselte mich. Der eine war jung, der andere alt, der eine ein blonder Engländer, der andere ein Franzose mit einem Bärtchen — das waren die einzigen Verschiedenheiten. Alle waren mir gleichgültig, aber alle waren mir unentbehrlich, Sie waren alle gleicherweise unbedeutende Persönlichkeiten, aber sie schufen die heitere Stimmung, die mich umgab.

Nur einer unter ihnen, der italienische Marquis D., erregte meine Aufmerksamkeit durch die kecke Art und Weise, in der er seine Bewunderung für mich kundgab. Er ließ keine Gelegenheit vorübergehen, mit mir zusammen zu sein, mit mir zu tanzen, zu reiten, im Kasino zu plaudern und mir zu sagen, ich sei schön. Zuweilen sah im ihn von meinem Fenster aus vor dem Hause stehen, und das Hinaufstarren seiner glänzenden Augen trieb mir das Blut in die Wangen und zwang mim, die Blicke abzuwenden. Er war jung, schön, elegant und hatte — besonders im Lächeln und in der Form der Stirn — eine gewisse Ähnlichkeit mit meinem Manne, war aber viel hübscher als dieser. Die Ähnlichkeit zwischen den beiden war mir umso merkwürdiger, als der Marquis sowohl im allgemeinen als auch in der Form des Mundes, im Blick, im Kinn statt des gütigen Ausdrucks und der idealen Ruhe meines Mannes etwas Rohes und Tierisches hatte.

Ich glaubte damals, daß er mich leidenschaftlich liebe, und dachte zuweilen mit stolzem Mitleid an ihn. Zuweilen versuchte ich auch, ihn zu beruhigen und in den Ton einer halb freundschaftlichen, stillen Zutraulichkeit hinüberzuführen. Er wies jedoch diese Versuche entschieden zurück und fuhr fort, mich mit seiner Leidenschaft, die sich nicht aussprach, aber jeden Augenblick bereit war, es zu tun, in peinliche Verlegenheit zu bringen. Obgleich ich es mir nicht gestand, fürchtete ich mich vor diesem Menschen und dachte gegen meinen Willen oft an ihn. Mein Mann war mit ihm bekannt, und zwar besser als mit unseren anderen Bekannten, für die er nur der Mann seiner Fau war und gegen die er sich kühl und hochfahrend verhielt.

Zu Ende der Saison erkrankte ich und konnte vierzehn Tage das Zimmer nicht verlassen. Als ich zum erstenmal wieder abends ins Konzert ging, hörte ich, daß die durch ihre Schönheit bekannte Lady S. während meiner Abwesenheit angekommen sei. Um mich hatte sich ein Kreis gebildet, der mir einen freudigen Empfang bereitete, aber ein noch größerer Kreis entstand um den neuen Liebling der Gesellschaft. Alle um mich her sprachen nur von ihr und ihrer Schönheit. Man zeigte sie mir; sie war wirklich reizend, bis auf einen Zug hochmütiger Selbstgefälligkeit, der mich — wie ich offen aussprach — unangenehm berührte.

Alles, was bisher so heiter gewesen war, erschien mir heute langweilig. Am folgenden Tag hatte Lady S. eine Partie nach dem Schlosse veranstaltet, an der ich jedoch nicht teilnehmen mochte. Es blieb fast nie-mand bei mir zurück, und alles veränderte sich in meinen Augen. Alles und alle kamen mir albern und langweilig vor, ich hätte weinen mögen und be-schloß, meine Kur schneller zu beenden und nach Rußland zurückzukehren. Ein häßliches Gefühl war in meiner Seele erwacht, aber ich gestand es mir noch nicht. Ich glaubte, daß ich von meinem Un-wohlsein angegriffen wäre, und horte auf, mich in der Gesellschaft zu zeigen. Nur morgens ging ich dann und wann an den Brunnen oder fuhr nachmittags mit L. M., einer russischen Bekannten, in der Umgegend spazieren. Mein Mann war damals in Heidelberg, wo er das Ende meiner Kur und unsere Rückkehr nach Rußland abwarten wollte, und kam nur dann und wann zum Besuch nach Baden-Baden.

Eines Tages hatte Lady S. die ganze Gesellschaft zu einer Jagdpartie vereinigt, und ich fuhr nachmittags mit L. M. nach dem Schlosse. Während unser Wagen langsam auf-wärts fuhr und wir zwischen den hundertjährigen Kasta-nien, die die Chaussee beschatten, immer weitere Aus-blicke in die reizende Umgebung Baden-Badens gewan-nen, die jetzt von den Strahlen der untergehenden Sonne beleuchtet war, fingen wir an, von ernsteren Dingen zu sprechen, als wir sonst zu tun pflegten. L. M., die ich schon lange kannte, erschien mir jetzt zum erstenmal als eine gute, kluge Frau, mit der man alles besprechen konnte und deren Freundschaft ein Gewinn war. Wir sprachen von unseren Familien, von den Kindern, von der Leere des hiesigen Trei-bens, fühlten Sehnsucht nach dem russischen Landle-ben, und es wurde uns dabei zugleich wohl und wehe. Unter dem Einfluß dieser Empfindung betraten wir den Schloßhof. Zwischen den Mauern war es schattig kühl, aber auf den Ruinen lagen noch die Strahlen der Sonne. In der Nähe waren Schritte und Stimmen zu hören. Durch das Tor zeigte sich, wie in einen Rahmen gefaßt, das reizende, aber für uns Russen kalte Bild der Badener Landschaft. Wir setzten uns, um auszuruhen, und blickten schwei-gend auf die untergehende Sonne. Die Stimmen wurden deutlicher, und ich glaubte meinen Namen zu hören. Unwillkürlich fing ich an zu lauschen und verstand jedes Wort.

Die Stimmen waren mir bekannt. Es waren die des Marquis

D. und seines Freundes, eines Franzosen, den ich ebenfalls kannte. Sie sprachen von mir und Lady S. Der Franzose verglich uns miteinander und analysierte unsere Schönheit. Er sagte nichts Belei-digendes, aber doch strömte mir das Blut zum Herzen, als er meine Vorzüge und die der Lady S. einzeln aufzählte. Ich hätte schon ein Kind, Lady S. wäre aber erst neunzehn Jahre alt. Ich hätte schöneres Haar, die Lady S. dagegen eine graziösere Gestalt. „Und dann ist Lady S. eine große Dame", fügte er hinzu, „während Ihre Schöne nur zu den kleinen russischen Fürstinnen gehört, die sich jetzt so zahlreich einstellen." Er schloß mit der Bemerkung, daß ich sehr wohl daran täte, mich nicht auf einen Wettkampf mit Lady S. einzulassen, und daß ich für Baden-Baden tot und begraben sei. „Ich bedaure sie. Wenn sie sich nur nicht mit Ihnen trösten will!" fügte er heiter und grausam lachend hinzu.

„Wenn sie abreist, reise ich ihr nach", antwortete die andere Stimme mit dem italienischen Akzent. „Glücklicher Sterblicher: er kann noch lieben!" lachte der Franzose.

„Lieben?" wiederholte die andere Stimme und verstummte.

„Ja! Ich kann ohne Liebe nicht bestehen. Ohne sie ist kein Leben! Einen Roman aus dem Dasein machen, ist das einzig Gute. Und meine Romane blieben nie in der Mitte stehen. Auch diesen werde ich zu Ende bringen."

„Bonne chance, mon ami!" sagte der Franzose. Weiter hörte ich nichts, weil sie um die Ecke bogen.

Bald darauf erklangen ihre Schritte von der anderen Seite. Sie kamen die Treppe herunter, traten einige Minuten später aus einer Seitentür und wunderten sich sehr, uns hier zu finden. Ich errötete, als sich der Marquis D. mir näherte, und es war mir im höchsten Grade peinlich, daß er, als wir aufbrachen und das Schloß verließen, mir den Arm bot. Abweisen konnte ich ihn jedoch nicht, und so gingen wir hinter L. M. und seinem Freunde unserem Wagen zu. Ich fühlte mich durch das Urteil des Franzosen über mich verletzt, obwohl ich mir in der Stille eingestehen mußte, daß er nur meine eigene Empfindung ausgesprochen hatte. Noch mehr aber war ich über die rohen Äußerungen des Marquis empört. Der Gedanke, daß er vielleicht ahnte, ich hätte ihn gehört, und daß er sich doch nicht vor mir scheute, war mir peinlich, und geradezu widerwärtig war es mir, ihn in meiner Nähe zu fühlen. Ohne ihn anzusehen und ohne ihm zu antworten, ging ich rasch hinter L. M. her und suchte meine Hand so zu halten, daß sie seinen Arm nicht berührte.

Der Marquis sagte etwas über die reizende Aussicht, über das unverhoffte Glück, mich getroffen zu haben, und noch einiges, was ich nicht hörre. Ich dachte in diesem Augenblick an meinen Mann, an meinen Sohn, an Rußland. Ich schämte mich wegen irgend etwas, bereute, wollte — was, wußte ich selbst nicht — und sehnte mich, nach Hause zu kommen, in mein einsames Zimmer im Hotel de Bade, um in Ruhe überlegen zu können, was in meiner Seele vorging. Aber L. M. ging langsam, unser Wagen war noch weit, und mein Kavalier schien hartnäckig den Schritt zu mäßigen, als ob er mit mir zurückbleiben wollte. — Es kann nicht sein! dachte ich und ging rascher; aber nun hielt er mich wirklich zurück, drückte sogar meine Hand. L. M. bog um die Ecke des Weges, und wir waren allein. Mir wurde bange.

„Entschuldigen Sie!" sagte ich kalt und wollte ihm die Hand entziehen, aber die Spitzen meines Krmels blieben an seinen Knöpfen hängen. Er neigte sich zu mir, fing an, sie loszumachen, und seine handschuhlosen Finger berührten meinen Arm. Ein mir fremdes Gefühl, halb Furcht, halb Freude, überrieselte mich wie ein Frostschauer. Ich sah ihn an, wollte mit einem kalten Blick die ganze Verachtung ausdrücken, die ich gegen ihn fühlte. Aber es gelang mir. nicht:

er drückte Schrecken aus und Aufregung. Seine glühenden, feuchten Augen blickten aus nächster Nähe leidenschaftlich auf mich nieder, auf meinen Hals, meine Brust; seine beiden Hände berührten meinen Arm über dem Handgelenk; seine geöffneten Lippen fingen an zu flüstern, sagten, daß er mich liebe, daß ich sein Alles sei, und dabei näherten sich mir diese Lippen, und seine Hände drückten die meinigen mit sengender Glut. Wie Feuer durchlief es meine Adern. Es wurde dunkel vor meinen Augen. Ich zitterte, und die Worte, mit denen ich ihn zurückweisen wollte, erstarben auf meinen Lippen. Plötzlich fühlte ich seinen Kuß auf meiner Wange. Zitternd, erstarrend blieb ich stehen und sah ihn an. Unfähig, zu sprechen oder mich zu bewegen, wartete ich schaudernd auf ein unbestimmtes Etwas und sehnte mich zugleich danach. Alles das währte nur einen Augenblick. Aber dieser Augenblick war schrecklich! Ich sah den Marquis ganz deutlich, bemerkte jede Einzelheit in seinem Gesicht, die steile niedrige Stirn, die unter dem Strohhut sichtbar wurde und der Stirn meines Mannes glich, die schöne gerade Nase mit den weit geöffneten Nüstern, den langen, spitzigen, pomadisierten Schnurrbart, das Kinnbärtchen; die glattrasierten Wangen und den ge-bräunten Hals. Ich haßte diesen Menschen, fürchtete ihn, er war mir fremd, und doch weckten seine Aufregung und Leidenschaft in diesem Augenblick einen so starken Wider-hall in meiner Seele, daß ich mich von einer unüber-windlichen Macht getrieben fühlte, mich den Küssen dieses schönen, rohen Mundes, den Umklammerungen dieser weißen Hände mit den feinen Adern und den blitzenden Ringen hinzugeben. Unwiderstehlich riß es mich zu ihm hin und zu dem lockenden Abgrunde verbotener Genüsse, der sich plötzlich vor mir öffnete.

Ich bin so unglücklich! dachte ich. Möge sich denn noch mehr und immer mehr Unheil auf meinem Haupte anhäufen!

Er umfaßte mich mit einem Arm und beugte sich dicht über mein Gesicht. Mögen sich mehr und mehr Schande und Sünde auf meinem Haupte sammeln! dachte ich wieder.

„Je vous aime!" flüsterte er mit einer Stimme, die der meines Mannes ähnlich war. Sergej und mein Kind traten vor mein Gedächtnis wie längst verstorbene teure Wesen, zu denen ich keine Beziehungen mehr hatte. Aber plötzlich ertönte von der Biegung des Weges die Stimme der L. M., die meinen Namen rief.

Ich kam zu mir selbst, riß meine Hand los und eilte, ohne den Marquis anzusehen, auf L. M. zu. Wir setzten uns in den Wagen, und erst jetzt sah ich ihn an. Er nahm den Hut ab und richtete lächelnd eine Frage an mich. Den unaussprechlichen Widerwillen, den ich in diesem Augenblick gegen ihn empfand, ahnte er nicht.

Mein Leben schien dem Unglück verfallen, die Zukunft hoffnungslos, die Vergangenheit dunkel. L. M. sprach mit mir, aber ich verstand ihre Worte nicht. Mir war, als ob sie nur aus Mitleid mit mir spräche und um die Verachtung zu verbergen, die ich ihr einflößte, In jedem Wort, jedem Blick schien mir diese Verachtung, dies beleidigende Mitleid zu liegen. Den Kuß des Marquis fühlte ich wie ein Brandmal der Schande auf meiner Wange, und der Gedanke an Mann und Kind war mir unerträglich.

Als ich endlich allein in meinem Zimmer war, suchte ich meine Lage zu überdenken, aber mir wurde unheimlich in dieser Einsamkeit. Ich konnte den Tee, den man mir brachte, nicht fertig trinken, und ohne zu wissen warum, fing ich an, mit fieberhafter Eile einzupacken, um mit dem Abendzug nach Heidelberg zu meinem Mann zu fahren.

*

Erst als ich mit dem Dienstmädchen in das leere Abteil

stieg, der Zug sich in Bewegung setzte und die frische Luft ins Fenster wehte, fing ich an, mich zu besinnen und mir Vergangenheit und Zukunft deutlich vorzustellen. Mein ganzes Eheleben seit unserer Übersiedelung nach Petersburg stellte sich mir plötzlich in neuem Licht dar und legte sich wie ein Vorwurf auf meine Seele. Zum erstenmal erinnerte ich mich lebhaft an unser Leben auf dem Lande, an unsere ehemaligen Zukunftspläne. Zum erstenmal drängte sich mir die Frage auf, welche Art von Glück mein Mann seitdem gefunden habe, und ich fühlte mich schuldig gegen ihn. Aber warum hatte er mich nicht zurückgehalten, warum war er nicht offen gegen mich, warum hat er jede Erklärung gemieden, warum hat er mich gekränkt? fragte ich mich selbst. Warum machte er nicht Gebrauch von der Gewalt der Liebe, oder hat er mich nicht geliebt? Aber wieviel Schuld er auch haben mochte, der Kuß eines fremden Mannes lag auf meiner Wange, und ich fühlte ihn.

Je näher ich Heidelberg kam, um so deutlicher stellte ich mir Sergej vor, und um so schrecklicher wurde mir das bevorstehende Wiedersehen. Alles, alles werde ich ihm sagen, werde alles in Tränen der Reue ausweinen, dachte ich, under wird mir verzeihen! Aber ich wußte selbst nicht, was „alles" ich ihm sagen sollte, und glaubte nicht, daß er mir verzeihen könnte. Als ich jedoch zu Sergej ins Zimmer trat und sein ruhiges, wenn auch etwas verwundertes Ge-sicht sah, fühlte ich plötzlich, daß ich ihm nichts zu sagen, nichts zu bekennen und ihn nicht um Verzeihung zu bitten hatte. Kummer und Reue mußten unausgesprochen in meiner Seele bleiben. „Wie bist du auf diesen Einfall gekommen?" fragte er.

„Morgen wollte ich dich besuchen." Dann aber sah er mir näher ins Gesicht und schien zu erschrecken.

„Was ist dir? Was hast du?" fragte er: „Nichts!" antwortete ich, war aber kaum imstande, die Tränen zu unterdrücken.

„Ich bin für immer von Baden-Baden abgereist, und wenn es dir recht ist, kehren wir morgen nach Rußland zurück."

Er sah mich lange schweigend und aufmerksam an.

„Erzähle mir — was ist dir widerfahren?" sagte er.

Ich errötete und schlug unwillkürlich die Augen nieder. In den seinigen blitzten Zorn und beleidigtes Ehrgefühl auf. Die Angst vor dem Mißtrauen, das möglicherweise in ihm erwachen konnte, gab mir eine Kraft der Verstellung, die ich mir nicht zugetraut hätte.

„Nichts ist mir widerfahren", gab ich zur Antwort. „Es wurde mir einfach zu langweilig und unbehaglich, allein zu sein, und ich habe viel über unser Leben und über dich nachgedacht. Wie lange schon bin ich im Unrecht gegen dich! Warum gehst du meinetwegen an Orte, die dir nicht angenehm sind? Wie lange schon bin ich im Unrecht gegen dich!" wiederholte ich, und wieder kamen mir die Tränen in die Augen. „Laß uns aufs Land gehen, auf immer!"

„Ach, mein Herz, erspare mir solche gefühlvollen Szenen!" sagte er kalt. „Daß du aufs Land gehen willst, ist sehr erfreulich, denn wir haben beinahe kein Geld mehr. Aber das auf immer ist eine Phantasie. Ich weiß, daß du dort nicht leben kannst. Jetzt aber trinke eine Tasse Tee, das wird das Beste für dich sein", schloß er, indem er sich erhob und dem Kellner klingelte.

Alles, was er jetzt vielleicht von mir denken mochte, fiel mir schwer aufs Herz, und als ich seinen for-schenden und wie von Beschämung erfüllten Blick auf mich gerichtet sah, fühlte ich mich von dem Mißtrauen, das ich ihm zuschrieb, tief verletzt.

Nein, er will und kann mich nicht verstehen! Ich sagte zu ihm, daß ich nach dem Kinde sehen wolle, und verließ das Zimmer. Ich mußte allein sein und weinen, weinen, weinen.

IX. KAPITEL

Das so lange ungeheizt und leer gebliebene Haus zu Nikol-ski belebte sich wieder. Doch was einst in ihm gewohnt hatte, stand nicht wieder auf. Die Mama fehlte, und wir wa-ren allein miteinander, obwohl uns die Einsamkeit nicht nur entbehrlich, sondern unbehaglich war. Der Winter ging für mich um so trauriger vorüber, als ich beständig krän-kelte und mich erst nach der Geburt meines zweiten Sohnes erholte.

Mein Verhältnis zu Sergej blieb dasselbe kaltfreund-liche wie zur Zeit unseres Aufenthaltes in der Stadt, nur daß mich jede Diele, jede Wand, jeder Diwan an das erinnerte, was er mir früher gewesen war und was ich verloren hatte. Es war, als ob eine ungesühnte Schuld zwischen uns stün-de, als ob er mich ihretwegen strafe und sich doch dabei den Anschein gäbe, nichts davon zu wissen. Seine Ver-zeihung zu erbitten, war kein Grund vorhanden, um Gnade zu flehen, keine Ursache, und er bestrafte mich auch nur dadurch, daß er mir nicht wie früher seine ganze Seele hin-gab. Aber er gab sie auch keinem anderen Menschen, kei-nem Gegenstand — es war, als ob er sie selbst nicht mehr besäße.

Zuweilen kam ich auf den Gedanken, daß er sich nur so stelle, um mich zu quälen, daß aber in ihm das frühere Gefühl noch lebe, und ich suchte es hervorzulocken. Dann war es aber jedesmal, als ob er ein offenes Aussprechen zu vermeiden suchte oder mich im Verdacht habe, daß ich mich verstellte, oder als ob er jedes Zeichen von Emp-findung wie etwas Lächerliches fürchte. Sein Blick und sein Ton schienen zu sagen: „Ich weiß alles, alles! Du brauchst nichts auszusprechen; alles, was du sagen willst, weiß ich — weiß aber auch, daß du das eine sagen und das andere tun wirst." Anfangs kränkte mich dies Vermeiden jeder offenen

Aussprache, aber nach und nach gewöhnte ich mich an den Gedanken, daß uns nicht sowohl die Aufrichtigkeit als das Verlangen nach Verständigung verlorengegangen war. Meine Zunge hätte sich gesträubt, wenn ich ihm auf einmal hätte sagen wollen, daß ich ihn liebe, oder ihn bitten wollen, Gebete mit mir zu lesen, oder ihn rufen wollen, damit er zuhöre, wenn ich spielte. Unser Umgang wurde durch gewisse Anstandsbedingungen geregelt, die wir beide im Gefühl hatten. Aber jeder von uns lebte auf seine eigene Weise: er mit seinen Beschäftigungen, an denen ich nicht teilzunehmen brauchte noch teilnehmen wollte, ich mit meiner Nichtstuerei. die ihn nicht mehr wie früher ärgerte und betrübte. Unsere Kinder waren noch zu klein, um uns zu vereinigen.

Aber der Frühling kam. Katja und Sonja zogen für den Sommer aufs Land. Unser Wohnhaus in Nikolski sollte umgebaut werden, und wir siedelten nach Pokrow über.

Es war das alte, bekannte Haus mit seiner Terrasse, seinem Klapptisch, seinem Klavier im hellen Saal und meinem lieben Zimmer mit den weißen Gardinen und allen hier zurückgelassenen Mädchen-träumen. In diesem Zimmer standen zwei Bettchen. In dem einen, daß früher das meine gewesen war, lag jetzt mein dicker Kokoscha. In dem anderen, kleineren, sah Wanis Gesichtchen aus den Kissen hervor. Oft, wenn ich sie abends bekreuzt hatte, blieb ich mitten in dem stillen Zimmerchen stehen, und plötzlich schienen aus allen Winkeln die Geister der vergangenen, vergessenen Jugendzeit hervorzutreten, und alte bekannte Stimmen fingen an, Märchenlieder zu singen. Was ist aus diesen Geistern, diesen lieben, süßen Liedern geworden? Alles, was ich kaum hoffen durfte, ist in Erfüllung gegangen; meine unklar verschwimmenden Phan-tasien ha-ben sich verwirklicht, aber die Wirklichkeit ist zum schweren, freudlosen Leben geworden! Und doch ist augenblicklich alles wie früher: derselbe Garten ist durch das Fenster zu sehen; derselbe Pfad, dieselbe Bank unten am Hohlweg; und dieselben Nachtigallenlieder klingen vom Teich herüber; die-selben Fliederbüsche blühen; derselbe Mond steht über dem Haus, und doch ist alles so traurig, so unglaublich verändert! Alles so kalt, was so innig und warm sein könnte!

Wieder, wie in alten Zeiten, saß ich mit Katja plaudernd im Saal. Aber sie runzelte die Stirn, ihr Gesicht wurde ernst und blaß, und ihre Augen glänzten nicht mehr vor Hoffnung und Freude, sondern verrieten Kummer und Mitgefühl. Statt uns über Sergej Michailowitsch zu freuen, saßen wir über ihn zu Gericht. Und statt uns zu wundern, warum und wodurch wir so glücklich waren, und statt wie früher zu wünschen, aller Welt sagen zu können, was wir fühlten, lauschten wir wie Verschworene, ob uns auch niemand höre, und fragten uns zum hundertsten Male, warum sich alles so traurig verändert habe.

Dabei war er derselbe wie früher. Nur die Falte zwischen seinen Brauen war tiefer geworden, sein Haar war an den Schläfen mehr ergraut, und der eindringliche, aufmerksame Blick schien mir immer durch eine Wolke verschleiert.

Auch ich war dieselbe wie sonst, nur daß in mir keine Liebe mehr lebte und kein Wunsch zu lieben, kein Verlangen nach Beschäftigung, keine innere Befriedigung. Und daß mir die früheren frommen Entzückungen und die frühere Liebe zu ihm und die ehemalige Lebensfülle unerreichbar fern und unmöglich schienen. Ich würde jetzt nicht mehr verstehen, was mir früher so klar und einfach schien: das Glück, für den anderen zu leben. Warum für den anderen, wenn man für sich selbst nicht mehr leben mag?

Die Musik hatte ich seit unserer übersiedelung nach Petersburg ganz aufgegeben. Aber jetzt wurde durch das alte Klavier und die alten Noten meine frühere Lust wieder rege.

Eines Tages befand ich mich nicht wohl und blieb allein zu Hause, während Kat ja und Sonja mit Sergej nach Nikolski gefahren waren, um den Neubau zu sehen. Der Teetisch war gedeckt. Ich ging. hinunter, und indes ich auf die Meinigen wartete, setzte ich mich ans Klavier. Ich schlug die Sonate quasi una Fantasia auf und fing an, sie zu spielen. Niemand war zu sehen und zu hören. Die Fenster standen nach dem Garten offen, und die vertrauten, traurig-feierlichen Töne erklangen durch den Saal. Als ich den ersten Teil beendigt hatte, sah ich mich ganz mechanisch, nach alter Gewohnheit, nach der Ecke um, wo er zu sitzen pflegte, wenn er mir zuhörte. Aber er war nicht da! Der längst nicht mehr gebrauchte Stuhl stand leer in der Ecke. Durchs Fenster sah ich die Fliederbüsche im Licht des Sonnenunterganges stehen, und die Frische des Abends strömte ins Zimmer herein. Ich stützte mich auf das Klavier, bedeckte das Gesicht mit beiden Händen und ver-sank in Nachdenken. So saß ich lange, dachte mit Schmer-zen zurück an das Vergangene, Unwiederbringliche und ver-suchte zaghaft, Neues zu ersinnen. Aber die Zukunft war leer, als ob ich nichts mehr zu wünschen, nichts mehr zu hoffen hätte.

Ist es möglich, daß ich schon ausgelebt habe? dachte ich schaudernd, erhob den Kopf, und um nicht weiter zu denken und womöglich zu vergessen, fing ich das Andante noch einmal an.

Mein Gott, dachte ich, wenn ich Schuld habe, verzeihe mir — gib mir zurück, was so schön in mir war, oder lehre mich, was ich tun, wie ich weiterleben soll.

In diesem Augenblick ließ sich Räderrollen auf dem Rasen und vor der Freitreppe hören, und gleich darauf erklangen auf der Terrasse leise, bekannte Schritte und verhallten. Der Klang dieser bekannten Schritte weckte nicht mehr das frühere Gefühl. Als ich zu spielen aufhörte, erklangen die

Schritte hinter mir und legte sich eine Hand auf meine Schulter.

„Wie gut, daß du diese Sonate gespielt hast!" sagte Sergej Michailowitsch.

Ich schwieg.

„Du hast noch nicht Tee getrunken?"

Verneinend schüttelte ich den Kopf und sah mich nicht nach ihm um; ich wollte ihm die Spuren der Aufregung auf meinem Gesicht verbergen.

„Katja und Sonja kommen gleich", fuhr er fort. „Das Pferd scheute, darum sind sie ausgestiegen und wollten gehen."

„Wir wollen auf sie warten", antwortete ich und ging auf die Terrasse. Ich hoffte, daß er mir nachkommen würde.

Aber er fragte nach den Kindern und ging zu ihnen.

Seine Gegenwart, seine gute, freundliche Stimme ließen mich wieder bezweifeln, daß ich durch meine Schuld etwas verloren haben könnte.

Was habe ich noch zu wünschen? fragte ich mich. Er ist sanft, freundlich, ein guter Mann, ein guter Vater, ich weiß nicht, was mir noch fehlt!

Ich setzte mich unter das Leinwanddach auf dieselbe Bank, auf der ich am Tag unserer Verlobung gesessen hatte. Die Sonne war untergegangen, es dämmerte schon, und eine Frühlingswolke hing dunkel über Haus und Garten. Nur hinter den Bäumen schimmerten ein heller Streifen des erlöschenden Abendrots und der eben aufblitzende Abendstern. Über dem allem aber stand der Schatten der leichten Wolke, und alles schien auf einen stillen Frühlingsregen zu warten. Der Wind erstarb, kein Blatt, kein Gräschen regte sich; der Geruch des Flieders und des Faulbaums war so stark, als ob die ganze Luft in Blüte stände und mit bald stärkerer, bald schwächerer Strömung den Garten überflute. Man hätte Augen und Ohren schließen mögen, um nichts zu sehen, nichts zu hören, sich ganz zu versenken in diesen süßen Duft. Die Georginen und Rosenbüsche, die noch keine Blüten trugen, streckten sich auf den um-gegrabenen schwarzen Rabatten, als ob sie langsam an ihren wießen Stäben emporwüchsen, die Frösche quakten aus Leibeskräften, als wollten sie sich vor dem Regen, der sie ins Wasser zu treiben drohte, noch einmal so laut wie möglich hören lassen; ein sanftes, gleichmäßiges Wasser-rauschen klang durch ihr Geschrei, und die Nachtigallen antworteten sich von allen Seiten. Auch in diesem Frühling nistete eine von ihnen in dem Gebüsch unter den Fenstern. Als ich hinaustrat, flog sie in die Allee hinüber, ließ einen Augenblick ihre Stimme hören, wurde dann still und wartete.

Vergebens suchte ich mich zu beruhigen und wartete und war traurig. Er kam von oben zurück und setzte sich neben mich.

„Unsere Damen werden naß werden, glaube ich", sagte er.

„Es scheint so", antwortete ich. Dann schwiegen wir eine Weile.

Inzwischen senkte sich die von keinem Windhauch bewegte Wolke tiefer und tiefer, wurde immer schwerer, unbeweglicher, und plötzlich fiel ein Tropfen auf die Markise der Terrasse, ein anderer schlug auf die Steine des Weges, und dann klatschte es auf die Kletten nieder, und immer dichter fielen die großen, frischen Tropfen des immer stärker werdenden Regens.

Die Nachtigallen und Frösche wurden still. Nur das sanfte Wasserrauschen erfüllte die Luft, obwohl es sich wegen des Regens entfernter anhörte, und ein Vogel, der sich wahrscheinlich unter die trockenen Büsche am Haus geduckt hatte, wiederholte seine zwei immer gleichen Noten.

Sergej stand auf und wollte gehen.

„Wohin?" fragte ich ihn und hielt ihn zurück. „Hier ist's so angenehm!"

„Ich will den beiden Schirme und Überschuhe ent-gegen-schicken", antwortete er.

„Das ist nicht nötig; es geht gleich vorüber."

Er gab mir recht, und wir blieben nebeneinander am Geländer der Terrasse stehen. Ich stützte mich mit der Hand auf die nasse Brüstung und beugte mich vor, so daß mir der frische Regen Haar und Hals bespritzte.

Das Wölkchen wurde heller und dünner, während es seinen Inhalt über uns ergoß; das gleichmäßige Rauschen des Regens wurde matter, und endlich fielen nur noch einzelne Tropfen vom Himmel und von den Bäumen nieder. Die Frösche fingen wieder an zu quaken, die Nachtigallen regten sich, fingen an, sich von allen Seiten aus den nassen Gebüschen zu antworten, und es wurde ringsum hell.

„Wie angenehm!" sagte er, indem er sich auf das Geländer setzte und mit der Hand über mein nasses Haar strich.

Diese einfache Liebkosung wirkte auf mich wie ein Vorwurf. Ich war dem Weinen nahe.

„Was braucht der Mensch noch mehr?" fuhr er fort. „Ich bin jetzt so zufrieden, daß ich nichts weiter wünsche. Ich bin ganz glücklich."

So hast du früher nicht von deinem Glück gesprochen! dachte ich. Wie groß es auch war, du sagtest immer, daß du noch etwas zu wünschen hättest! Und jetzt bist du ruhig und zufrieden, während mir unausgesprochene Reue und unausgeweinte Tränen das Herz belasten.

„Auch mir ist wohl zumute", sagte ich, „aber auch wehmütig, besonders weil alles um mich her so schön ist. In mir ist beständig eine Lücke, etwas nicht Ausgefülltes. Immer sehne ich mich nach irgendetwas. Hier aber ist alles so schön und ruhig. Ist es möglich, daß sich in deinen Naturgenuß keine Wehmut mischt? Daß dir nicht ist, als sehntest du dich nach etwas Vergangenem?"

Er nahm die Hand von meinem Kopf und schwieg eine

Weile.

„Ja, früher war es so in mir, besonders im Frühling", sagte er, als ob er sich besänne. „Ganze Nächte brachte ich wachend zu, in Wünsche und Hoffnungen verloren. Es waren schöne Nächte. Aber damals lag noch alles vor mir, was jetzt hinter mir liegt. Jetzt genügt mir, was ist, und es ist mir wohl dabei", schloß er so ruhig, so nachlässig, daß ich — wie schmerzlich es mir auch war, das zu hören — von der Wahrheit seiner Behauptung überzeugt sein mußte.

„Du wünschst gar nichts mehr?" fragte ich.

„Nichts Unmögliches", antwortete er, mein Gefühl erratend. „Du machst dir den Kopf naß", fügte er hinzu, indem er mir wie einem Kinde liebkosend noch einmal über das Haar strich. „Du beneidest Blätter und Gras, weil sie vom Regen benetzt werden. Du möchtest Gras, Laub und Regen sein — ich freue mich nur über sie, wie über alles in der Welt, was schön, jung und glücklich ist."

„Und du beklagst nichts Vergangenes?" fuhr ich fort zu fragen und fühlte, wie mir das Herz immer schwerer und schwerer wurde.

Er schwieg nachdenklich still; ich sah, daß er mir ganz aufrichtig antworten wollte.

„Nein!" antwortete er endlich.

„Wirklich? Wirklich?" fing ich an, und sah ihm in die Augen. „Du beklagst das Vergangene nicht?" „Nein!" wiederholte er noch einmal. „Ich bin dankbar dafür, aber ich beklage es nicht."

„Aber möchtest du nicht, daß es zurückkehre?" fragte ich.

Er drehte sich um und sah in den Garten hinunter.

„Ich wünsche das nicht — ebensowenig wie ich wünsche daß mir Flügel wüchsen", sagte er. „Es ist nicht möglich."

„Und du klagst das Vergangene nicht an, machst weder dir noch mir einen Vorwurf?"

„Niemand! Alles war zum Besten."

„Höre", sagte ich und berührte seine Hand, damit er mich ansehen sollte. „Höre, warum hast du nie zu mir gesagt, daß ich nach deinen Wünschen leben sollte? Warum gabst du mir eine Freiheit, die ich nicht zu benutzen verstand? Warum hörtest du auf, mich zu belehren? Wenn du gewünscht hättest, mich anders geleitet hättest — nichts, nichts wäre dann geschehen!" sagte ich mit einer Stimme, in der sich Vorwurf und wachsender Unwille, aber keine Spur der alten Liebe verriet.

„Was wäre nicht geschehen?" fragte er erstaunt, indem er sich zu mir wandte. „Auch so ist nichts geschehen. Alles ist gut. Sehr gut!" fügte er lächelnd hinzu.

Ist's möglich, daß er mich nicht versteht, oder noch schlimmer, will er mich nicht verstehen? dachte ich, und Tränen kamen mir in die Augen.

„Es wäre nicht geschehen", sagte ich dann, „daß ich, obwohl ich durch nichts gegen dich gesündigt habe, mit deiner Gleichgültigkeit, deiner Verachtung sogar, gestraft werde. Es wäre nicht geschehen, daß du, ohne jede Schuld von meiner Seite, mir plötzlich alles entzogst, was mir teuer war."

„Was hast du, mein Herz?" fragte er, als ob er mich nicht verstände.

„Nein, laß mich ausreden! Du hast mir dein Vertrauen, deine Liebe, deine Achtung sogar, genommen. Ich kann nicht glauben, daß du mich jetzt liebst, wenn ich mich an das erinnere, was früher gewesen ist. Nein, ich muß einmal aussprechen, was mich so lange schon quält!" fuhr ich hastig fort, als er einfallen wollte. „War es meine Schuld, daß ich das Leben nicht kannte? Warum ließest du mich allein den Weg suchen? Oder ist es meine Schuld, daß du jetzt, nachdem ich erkannt habe, was not tut, und mich seit nun beinahe einem Jahre abquäle, zu dir zurückzukehren, mich abweisest, als ob du nicht verständest, was ich will?

Du tust das in einer Weise, daß man dir keinen Vorwurf machen kann, daß ich schuldig erscheine und unglücklich bin. Du willst mich auch jetzt wieder in das Leben zurückstoßen, das dein und mein Unglück werden kann."

„Womit habe ich dir das bewiesen?" fragte er verwundert und sichtlich erschrocken.

„Hast du nicht gestern erst gesagt und sagst schon lange, daß ich hier nicht bleiben würde und daß wir nach Petersburg gehen müßten — nach Petersburg, das ich hasse!" antwortete ich. „Und anstatt mich zu stützen, vermeidest du jede Aussprache, jedes aufrichtige, warme Wort mit mir. Und später, wenn ich ganz zu Boden sinke, wirst du mir einen Vorwurf daraus machen und über meinen Fall triumphieren."

„Halt! Halt!" sagte er ernst und kalt. „Was du da sagst, ist nicht gut. Es beweist nur, daß du schlecht gegen mich gestimmt bist, daß du mich nicht ..."

„Daß ich dich nicht liebe? Sag es nur, sag es nur!" fiel ich ihm ins Wort. Tränen stürzten mir aus den Augen. Ich setzte mich auf die Bank und verhüllte das Gesicht mit dem Taschentuch.

So also hat er mich verstanden! dachte ich, indem ich das Schluchzen, das mich fast erstickte, zu unterdrücken suchte.

„Zu Ende ist unsere Liebe, zu Ende!" sagte eine Stimme in meinem Herzen. „Er ist mir nicht ent-gegengekommen, hat mich nicht getröstet. Nur gekränkt hat ihn, was ich sagte. Seine Stimme blieb kalt und ruhig!"

„Ich weiß nicht, was du mir zum Vorwurf machst", fing er wieder an. „Ist es das, daß ich dich nicht mehr so liebe wie früher ..."

„Nicht mehr so liebe", wiederholte ich in mein Tuch hinein, und meine bitteren Tränen flossen noch reichlicher darauf nieder.

113

„…so ist daran die Zeit schuld und wir selbst", fuhr er fort.
„Jede Zeit hat ihre besondere Art von Liebe."

Er schwieg eine Weile. Dann sprach er weiter: „Ich will dir die ganze Wahrheit sagen, da du Auf-richtigkeit verlangst. In jenem Jahr, als ich dich kennenlernte, brachte ich die Nächte schlaflos zu und dachte an dich und gab selbst meiner Liebe immer neue Nahrung, und diese Liebe wuchs und wuchs in meinem Herzen, aber auch in Petersburg und im Ausland schlief ich nicht, und dies waren schreckliche Nächte, in denen ich diese Liebe, die mich peinigte, zu zerbrechen, zu vernichten suchte. Ich habe sie nicht vernichtet. Nur was mich gequält hat, habe ich von mir geworfen, habe mim beruhigt und liebe dich noch immer, nur mit einer anderen Liebe."

„Liebe nennst du das? Es ist nur Pein!" sagte ich. „Warum hast du mir erlaubt, in der Welt zu leben, wenn sie dir so verderblich für mich erscheint, daß du ihretwegen aufhörst, mich zu lieben?"

„Nicht die Welt, kleine Närrin", unterbrach er mich.

„Warum hast du nicht Gewalt gebraucht?" fuhr ich fort. „Warum mich nicht gebunden, nicht getötet? Das wäre besser für mich, als alles zu verlieren, was mein Glück war. Mir wäre wohl — ich hätte mich nicht zu schämen."

Ich schluchzte wieder und verhüllte das Gesicht.

In diesem Augenblick kamen Katja und Sonja heiter und durchnäßt unter Plaudern und Lachen auf die Terrasse. Als sie uns erblickten, verstummten sie und gingen schnell wieder fort. Wir schwiegen beide, als sie gegangen waren. Ich hatte mich ausgeweint, und mir wurde leichter zumute.

Ich sah ihn an. Er erhob den Kopf, den er auf die Hand gestützt hatte, und wollte mir etwas auf meinen Blick antworten. Aber er atmete nur schwer auf und ließ den Kopf wieder sinken.

Ich trat neben ihn und faßte seine Hand. Sein Blick wandte

sich mir nachdenklich zu.

„Ja" sagte er, als ob er einen Gedanken weiterver-folge. „Wir alle — besonders ihr Frauen — müssen erst die ganze Torheit des Lebens durchmachen, um uns in das eigentliche Leben zurückzufinden. Einem anderen zu glauben, sind wir nicht imstande. Du hattest damals jene reizende und geliebte Torheit, die ich an dir bewunderte, noch längst nicht ausgelebt. Ich überließ es dir, sie auszukosten, und fühlte, daß ich kein Recht hatte, dich zu fesseln, weil für mich die Zeit der Torheit längst vorüber war."

„Aber wie konntest du, wenn du mich liebtest, mit mir zusammen sein und mir erlauben, in dieser Torheit zu leben?" fragte ich.

„Weil du nicht imstande gewesen wärest, mir zu glauben, auch wenn du gewollt hättest. Du mußtest selbst Erfahrungen sammeln — das hast du getan."

„Und du hast nachgedacht, viel nachgedacht und wenig geliebt", sagte ich.

Wir schwiegen wieder.

„Was du eben gesagt hast, ist grausam, aber es ist wahr", antwortete er dann, indem er aufstand und auf der Terrasse hin und her ging. „Ja, es ist wahr. Ich bin schuld!" fügte er hinzu und blieb vor mir stehen. „Entweder mußte ich mir gar nicht erlauben, dich zu lieben, oder einfacher lieben — ja!"

„Laß uns das alles vergessen", sagte ich schüchtern.

„Nein, was vergangen ist, kommt nicht wieder — kommt niemals wieder!" Seine Stimme wurde weicher bei diesen Worten.

„Es ist schon wiedergekommen", sagte ich und legte die Hand auf seine Schulter.

Er ergriff meine Hand und drückte sie.

„Nein, ich habe nicht die Wahrheit gesagt, als ich behauptete, daß ich das Vergangene nicht beklage. Nein! Im

115

beklage jene vergangene Liebe, die nicht mehr ist und nicht mehr sein kann, und weine um sie, daß sie nicht mehr ist! Wer die Schuld trägt, weiß ich nicht. Es ist uns eine Liebe geblieben, aber nicht dieselbe. Ihre Stelle ist geblieben, sie aber siecht in Krankheit dahin. Sie besitzt nicht mehr die Kraft und Frische von ehemals. Erinnerung ist geblieben, Dankbarkeit, aber ..."

„Sprich nicht so", unterbrach ich ihn. „Laß alles wieder sein wie früher. Es kann ja sein, nicht wahr?" fragte ich und sah ihm in die Augen. Aber seine Augen waren klar und blickten ruhig ohne jede Zurückhaltung in die meinigen.

Schon während ich sprach, fühlte ich, daß; was ich wünschte und von ihm erbat, unmöglich war. Er lächelte mit einem ruhigen, sanften und, wie es mir schien, greisenhaften Lächeln.

„Wie jung du noch bist — wie alt ich bin!" sagte er. „Was du suchst, ist nicht mehr in mir. Wir wollen uns nicht mehr täuschen", fügte er hinzu und lächelte noch immer in derselben Weise.

Ich stand schweigend neben ihm, und mein Herz wurde ruhiger.

„Wir wollen nicht versuchen, das frühere Leben zu wiederholen", fuhr er fort, „wollen uns nicht selbst belügen! Gott sei Dank, daß die alte Unruhe, die alten Aufregungen vorüber sind. Wir haben uns nicht mehr aufzuregen, haben nichts mehr zu suchen. Wir haben schon gefunden, und es ist Glück genug auf unser Teil gefallen. Jetzt müssen wir uns bestreben, diesem den Weg zu bahnen", fügte er hinzu, indem er auf den kleinen Wanni zeigte, mit dem die Wärterin an der Terrassentür erschien. „So ist es, mein liebes Herz!" schloß er, indem er meinen Kopf an sich zog und küßte. Aber es war nicht der Kuß eines Liebenden, sondern der eines alten Freundes.

Und aus dem Garten strömte immer stärker und süßer die

duftende Abendfrische herauf. Immer feierlicher wurden die Töne und das Schweigen, immer häufiger zündete sich am Himmel ein Stern nach dem anderen an. Ich blickte auf Sergej, und plötzlich wurde mir leichter zumute. Es war, als hätte man mich von jenem kranken Seelennerv befreit, der mir so viele Schmerzen verursachte. Deutlich und klar verstand ich plötzlich, daß die Empfindungen jener Zeit unwiderruflich dahin waren wie die Zeit selbst, und daß es nicht nur unmöglich war, sie jetzt zurückzurufen, sondern daß das nur noch Schmerzen und Unruhe bringen würde. Vorbei! Vorbei! Und war denn wirklich die Zeit so schön, die mir so glücklich erschien und die schon lange, lange dahin-geschwunden war?

„Es ist Zeit, Tee zu trinken", sagte er, und wir gingen zusammen ins Zimmer. In der Tür traf ich wieder die Wärterin mit Wanni. Ich nahm den Kleinen auf den Arm deckte seine nackten roten Füßchen zu, drückte ihn an mich und küßte ihn, indem ich ihn kaum mit den Lippen berührte. Wie im Schlaf bewegte er die Händchen mit den ausgespreizten, gerunzelten Fingern, öffnete blinzelnd die Äugelchen und sah umher, als ob er etwas suche oder sich auf etwas besänne. Dann blieben diese Augen auf mir ruhen. Ein Funken des Bewußtseins blitzte in ihnen auf die vollen Lippen zogen sich zusammen und öffneten sich zu einem Lächeln. Mein, mein, mein! dachte ich, und ein Wonneschauer durchbebte meine Glieder, indem ich ihn an mich drückte. Ich mußte mich beherrschen, um ihm nicht wehe zu tun, und fing an, seine kalten Füßchen, seinen Körper, seine Händchen, sein kaum mit Haaren bewachsenes Köpfchen zu küssen.

Mein Mann trat auf mich zu. Ich bedeckte das Gesicht des Kindes und deckte es dann schnell wieder auf.

„Iwan Sergeitsch", sagte mein Mann, indem er das Unterkinn des Kleinen mit den Fingern berührte. Aber ich deckte

Iwan Sergeitsch rasch wieder zu; niemand außer mir sollte ihn lange ansehen. Dann blickte ich zu Sergej Michailowitsch auf. Seine Augen lachten, während sie in die meinigen sahen, und zum erstenmal seit langer Zeit war es mir lieb und wohltuend, in seine Augen zu schauen.

*

Von diesem Tage an war mein Liebesroman mit meinem Manne zu Ende. Das alte Gefühl wurde zu teueren, unwiederbringlichen Erinnerungen, und ein neues Gefühl der Liebe für meine Kinder und für den Vater meiner Kinder legte den Grund jenes anderen, ebenfalls glücklichen, aber in ganz anderer Weise glücklichen Lebens, das ich bis zu diesem Augenblicke noch nicht zu Ende gelebt habe.